世界少年经典文学丛书

野马飞毛腿

[加]西 顿 著

马海旭 编译

中国出版集团　现代出版社

图书在版编目（CIP）数据

野马飞毛腿／（加）西顿（Seton, E. T.）著；马海旭编译. —北京：现代出版社，2013.2　（2025.1重印）

ISBN 978 – 7 – 5143 – 1290 – 4

Ⅰ．①野…　Ⅱ．①西…　②马…　Ⅲ．①儿童故事 – 作品集 – 加拿大 – 现代　Ⅳ．①I711.85

中国版本图书馆 CIP 数据核字（2013）第 021819 号

作　　者	西　顿
责任编辑	刘　刚
出版发行	现代出版社
通讯地址	北京市安定门外安华里 504 号
邮政编码	100011
电　　话	010 – 64267325　64245264（传真）
网　　址	www. xdcbs. com
电子邮箱	xiandai@ cnpitc. com. cn
印　　刷	三河市嵩川印刷有限公司
开　　本	700mm × 1000mm　1/16
印　　张	9
版　　次	2013 年 2 月第 1 版　2025 年 1 月第 4 次印刷
书　　号	ISBN 978 – 7 – 5143 – 1290 – 4
定　　价	39.80 元

序 言

　　孩子是未来的希望，是父母心中的天使，是充满快乐的精灵。小学阶段更是孩子最快乐的时光，是孩子成长发育的黄金阶段。为了让孩子学习更多的课外知识，享受更加丰富的学习乐趣，我们策划了本丛书！

　　从小让孩子多读课外书，对培养孩子健康的心态和正确的人生观无疑将起着非常重要的作用。自《语文课程标准》公布以来，不少富有敬业精神、有才干的教师，在他们的教学中，担当起阅读教育的重担。他们在严谨的选材中，利用丰富的文学资源，向学生推荐了大量优秀的课外读物，实施了以"练成阅读和作文的熟练技能"为重要内容的阅读教育。大千世界充满了丰富的知识。阅读能丰富小学生的语文知识，增强阅读能力，提高写作水平，开阔视野，增长智慧。阅读本丛书，能够使孩子享受到阅读的快乐，激发起更浓厚的阅读兴趣，孩子的生活将充满新的活力与幸福！本丛书精选了世界名著和中国经典书目中流传最广、影响最大、最脍炙人口的作品，是培养小学生理解能力、记忆能力、创造能力的最佳课外读物。

　　最后需要指出的是，本丛书把世界上流传甚广的经典童话、寓言等也尽收其中，并将这些文学作品重新编写审订，使作品在不影响原著的基础上更适合少年儿童阅读，在丰富他们课余生活的同时提高语言和文字表达能力。本丛书通过科学简明的体例、丰富精美的图片等有机结合，使小读者不仅能直观地领略作品的精髓，而且还能获得更为广阔的文化视野和愉快体验。希望本丛书能成为孩子生活的一缕阳光照亮孩子前进的道路，能成为一丝雨露滋润孩子纯净的心灵。

编　者

目　录

野马飞毛腿

一

乔·科隆卸下马具，把马鞍扔在地上，晃晃荡荡地走进屋里去。

他问道："开放了吗？"

厨子望着那只令人讨厌的表说："还有十七分钟。"虽然他这种准时的表示从来没有做到过，但他说话的神气，却像一个火车发号员那样淡定。

乔·科隆的伙伴史卡斯问他："牧场上情况怎么样？"

乔·科隆说："牲口都好，牛犊子可多啦。我在羚羊泉附近看见了那群野马，有两匹小马跟在里头，那匹黑的可真漂亮，天生四条快腿。我追了它们一两英里路，它带领着马群，总是跑得那么快。我只好放弃，在后面逢场作戏地赶了一阵，要是真能追上它们才妙哩。"

"你难道没带什么喝的？"史卡斯有点怀疑地问道。

"算了吧，史卡斯。上次打的赌，你要赖的不行，只要你能拿出点男子汉的气概，就准能碰上下一次机会的。"

"开饭啦。"厨子叫了一声，今天的谈话就到这里结束了。第二天，牛群被赶到另外的地方去，野马的事儿也就被人遗忘了。

过了一年，他们又把牛群赶到墨西哥的老地方来，又看见了那群野马。那匹小黑马现在已经一岁了，它的腿长得那样细长、匀称，肚皮两侧光滑得直闪光。

奇怪的是，它天生是个飞毛腿，这是许多放牧的人亲眼看见的。

乔·科隆忽然觉得，这匹小马是件值钱的宝贝。对于东部的人来说，这种念头很正常。但是在西部，一匹普通的鞍子马要值十五块钱到二十块钱，而一匹没有经过训练的马却只值五块钱，一般的牧人认为野马没多大的价值。因为野马逮起来很困难，即便逮住了，驯养也很难，也只是个野家伙，毫无用处。有不少牧人用猎枪打野马，因为它们不但是牧场里没用的累赘，而且还时常把驯马带走。驯马一习惯了野马的生活，就再也不会回来了。

乔·科隆对于野马非常熟悉，他曾经说过："我见过的野马，白色的总是软弱无力，褐色的全是胆小鬼，栗色的不好好训练就没法使唤，黑色的总是又凶又猛，光会胡闹。一匹黑色的野马要是有了爪子，就连狮子也打不过它。"按常理说，野马是不值钱的废物，而黑色的野马更不值钱。如今，乔·科隆想逮住这匹野马，使史卡斯觉得有些莫名其妙。但是这一年乔·科隆没有找到尝试的机会。

乔·科隆工作很稳定，月薪二十五块钱，他跟大多数牧人一样，总想将来做一个牧场主，有自己的一份家产。他已经在圣太非城登记了，用"猪棚"做他牲口的标记。目前他只有一头老牛，他登记的目的就是为了取得合法的权利，以便以后遇到无人认领的小牲口的时候，把自己的标记印在它身上。

每到冬天，当乔·科隆袋里的工钱塞得满满的时候，他总会经不住引诱，跟牧人们一起进城去享受一番。所以，他的财产就只剩下一副马鞍、一张床和一头老牛了。他一直希望赚一大笔钱，好让他踏踏实实地开一个好头。如今，出现在他面前的飞毛腿不正是他的福星吗？他只要等到机会，就一切万事大吉了。

春天，人们把牛群赶到加拿大河，到了冬天，又把它们赶回顿卡罗山区。这次，乔·科隆没有看见飞毛腿。但是他在许多地方都听到了议论它的消息，因为这匹小马现在已经三岁了，它长得很壮实，已经成为人们饭后的谈资了。

羚羊泉是在大平原的中心，虽然这儿的水是死水，没有出口，但是它很清澈，是附近广大地区里唯一的水源。涨水的时候，它会泛滥成一个小湖，湖边长起一片片的营茅，水位降低以后，泉水就缩成一个小水潭，四周变成一大片黑土地带，处处闪烁着碱石的白光。平原的北部是一片草原，它是飞毛腿最喜爱的牧场，也是牧区里许多马群和牛群吃草的地方。这块地区大部分是"LF 公司"的财产。这家公司的股东兼经理福斯特是一个企业家。他认为这儿的牧场可以饲养高级的牲口，所以在这儿养了九匹混血种雌马。这些马又高又大，四肢细长，眼睛灵活得像鹿一样。那些牧人们骑的马和它们一比，就差得多了，显出一副没吃饱似的可怜相，好像和它们属于完全不同的种类。

马的天性喜欢寻找好食料，这九匹雌马一出来，就向南跑到二十英里外的羚羊泉附近的草原上去了。

有一年夏天，福斯特像往常一样赶它们回家，但他突然意识到有一匹黑马在它们身边保护着它们，看样子，和它们的关系很亲密。它在旁边跳来跳去，经验十足地赶走了马群。它黑得发亮，跟雌马们的金黄皮色形成了鲜明的对比，格外耀眼。这事可把主人福斯特气坏了，他把枪都拔了出来，准备找个机会把这匹该死的黑马干掉。但是他没有下手的机会，因为打死雌马的可能性比打死黑马要大几倍。

黑马就这样一天天东躲西跳地过去了，它始终把马群赶在一块儿，然后消失在南面的沙丘里。两个牧人没有办法，只好用报复的决心安慰着自己，骑着疲累的马回去了。

假如再像这样被追赶一两次，那些雌马就会变得跟野马一样了，但是又没有别的办法来挽救它们，这可是一件最最让人头疼的事。

有些学者认为，低级动物是用美丽来吸引异性的爱；另一些人又认为，它们用的是勇敢的行为。但是，不管哪一种说法对，一个具有突出才能的动物，总能从它的情敌那儿很快地把许多异性抢夺过来。

这匹有着乌黑的鬃毛和尾巴，两只眼睛神采奕奕的飞毛腿，跑遍了整个地区，把许多马群里的雌马招引了来。它的马群里已经有二十多匹雌马了。它们多半是牧场里放出来的比较差的马，不过那九匹大雌马却非常动人。所有的人都说，飞毛腿总是尽力把它的马群赶得紧紧的，保护得牢牢的。一匹雌马只要加入了这个马群，人们就再也别想得到它。

过了不久，牧人们明白了这样一个道理，闯入他们牧区的这匹野马，给他们带来的损失，要比他们其他损失的总和还大。

二

我第一次赶着运货马车来到这里，那是 1893 年 12 月。我从牧场出发到加拿大河去。临走的时候，福斯特嘱咐我说："你要是有了开枪的机会，可千万要把那匹该死的野马打死。"

这是我头一回听人说起它。前面的故事，是我的向导柏恩斯一路上对我讲的。我想见见这匹三岁的名马，全是出于好奇心。但是第二天，当我们上羚羊泉去的时候，我们连飞毛腿和马群的影子都没看见，真是太扫兴了。

第三天，我们正在越过亚拉摩萨河的时候，前面带路的柏恩斯忽然在马脖子上伏下了身子，回头对我挥挥手说："快拿出枪来，飞毛腿来啦。"

我迅速掏出枪来，急匆匆地驱车前进，朝草原边缘上望去。下面的洼地里有一群马，浑身又黑又亮的飞毛腿站在马群的一头。这时候它似乎察觉到我们的到来，觉得准是有危险来临了。它站在那儿，头和尾巴竖得老高，鼻孔张得大大的，这匹马真是草原上最出色的动物，漂亮至极。我突然想到要把这么美好的生命变成一堆尸骨，真让人于心不忍。

柏恩斯催我快点开枪，我故意拖拖拉拉地没理他，顺便把一面的车棚敞开了。他是个急性子，见我这样慢吞吞的，就骂起来，大叫"把枪给我"。但是当他抓住枪的时候，我把枪口朝上一抬，枪竟出其不意地走了火。马群里的马吃了一惊，飞毛腿叫了一声，拔腿就跑。那些雌马聚到一处，响起一阵踢踢踏踏的蹄声，在漫天的尘土中逃走了。

飞毛腿一边忽左忽右地跑着，一边牢牢地盯着马群，把它们赶到远处去了。我一直紧盯着它，发现它的速度都是始终如一的。

我太欣赏这匹又强壮又美丽的快马了。我情愿不要马群里所有的雌马，也不愿意擦伤它那光滑的皮毛。柏恩斯用手指指我和我的枪，又指了指飞毛腿，一副无可奈何的样子。

三

捉野马有很多办法。最常用的就是用枪弹擦伤马的脖子，然后趁它昏迷的时候，把它捆起来。"算了吧！我看见过无数的马的脖子被打断了，可从来没见过有人用枪打的办法逮住过野马。"乔·科隆的看法就是这样。

有时候，在合适的地形中，人们可以把野马群赶进畜栏里去；有时候，人们还可以骑着特别快的好马把它们逮住。但是还有一种看来似乎有些不合情理、不大被人采用的办法，那就是先把它们赶累了，再动手。

关于飞毛腿的步态、跑起来的速度和气派方面，人们讲了许多奇奇怪怪的故事。大家传说飞毛腿是从来不拉开步子大跑的。后来，三角商行的老蒙哥马利突然来到克莱顿的威尔斯旅馆，当着许多证人的面说，如果有人能够活捉这匹野马，他愿意奉送一千块现洋，决不食言。这个约定刚刚宣布，就有十几个年轻的牧人急着要试一试，想得到这笔钱。但是，乔·科隆对这件事已经关注很久了，他立即丢下了自己的工作，连夜收拾了一些必要的装备，打算逮野马去。

乔·科隆连赊带借，弄到二十匹好马，一辆伙食车，勉强拼凑了一支远征队，他们一行有三个人——他自己、他的伙伴史卡斯和一个厨子，还有够吃两星期的食物。

他们决心要用疲劳追赶的办法把野马飞毛腿拖垮，于是从克莱顿出发了。

第三天中午的时候，他们到达了羚羊泉，正像之前预料的那样，看见飞毛腿带着它的马群跑来喝水了。乔·科隆一直躲在远处，等这群野马一个个都喝足了以后才跑出来，因为肚子里装满了水的动物，跑起来总比空着肚子的要慢得多。这时候，乔·科隆悄悄地骑着马跑上前去。在相隔半英里路的时候，飞毛腿发现了他，吓得带着马群就朝东南方跑，消失在长满杂草的高地那边。乔·科隆在后面紧追不舍，直到又看到了它们，才回去通知跟他一起赶马的厨子，叫他到南边的亚拉摩萨河去。然后，他又折向东南方去追赶野马。

大概走了一两英里路，他又看见了野马群，悄悄地骑着马走过去，可是又把它们吓得兜着圈子朝南逃走了。乔·科隆没有跟在后面追，只是抄近路赶了一小时，来到了马群应该到的地方，他又看见了它们。他悄悄地走上前去，可是又把它们吓跑了。但这些野马已经不像之前那样跑得远远的了，因为追它们的人没有表示出要袭击它们的样子，它们对被追赶已经适应了。

史卡斯发现一个问题，由于这个马群里有匹雪白的雌马，所以在天黑以后，要找到它们反而更容易。

晚上，伴着皎洁的月光，史卡斯靠他的马辨别道路，把那匹微微发白的雌马当作马群的标志，静悄悄地在后面跟着。但意想不到的是，马群在黑夜里很快消失了。他跳下马，卸下鞍，裹着毯子很快就入睡了。

第二天，天刚蒙蒙亮，当他走近马群的时候，飞毛腿尖脆地嘶叫了一声把马群集中起来一溜烟又跑掉了。但是，跑到第一处高地时，它们又停了下来，四面张望，想看看这些人到底想干些什么。它们站在那儿，背后衬托着白苍苍的天空，望了好一会儿。飞毛腿觉得已经看得够清楚了，才耸起鬃毛，又精神地迈着均匀的步子，带领着马群一溜烟地跑掉了。快近中午的时候，他们来到水牛山上古老的阿帕契瞭望台。乔·科隆正在这儿守望着。他燃起一股细长的烟火，叫史卡斯来休息，史卡斯用一面小闪光镜向他发出回答的信号。乔·科隆骑上一匹精力充沛的马跑了过来，接替了追赶的工作。史卡斯回到宿营地休息整顿，准备转移到上游去接应。

乔·科隆又像先前一样，沉着而坚持地继续追赶马群。他马不停蹄地赶了一个黄昏，一直追到深夜，因为马群现在对这些没有恶意的陌生人，已经有点习惯了，所以跟随起来也比较容易些，并且，它们对这种没有停歇的跋涉，已经感到厌烦了。它们现在走过的地方，已经看不见茂密的青草，它们也不像在后面追赶的马那样，肚子吃得饱饱的。更重要的是，它们明显地感到一种轻微的，但是一直延续着的精神紧张。这种精神紧张倒了它们的胃口，使它们光想喝水。只要有机会，追赶的人总是尽量鼓励它们去大喝一顿。

大家都知道，一只正在奔跑的动物，喝了大量的水会产生怎样的后果。这会使它的四肢僵硬，会减低它奔跑的速度。乔·科隆小心地看管着他自己的马，总不让它喝得太多。那天夜里，当他和他的马在那些疲累的野马后面停下来过夜的时候，仍然是精神抖擞的。天亮以后，乔·科隆很容易地追上了野马群。

起先，它们逃了一阵，可是跑了没多远，就放慢步子走了起来。这时候，这场竞赛似乎就要胜利了，因为"疲劳跟踪逮野马"的最主要困难，就是要在开头的两三天，当野马群还有劲的时候，牢牢地跟住它们。整整一上午，乔·科隆一直没让马群跑出他的视线，并且总是跟它们离得很近。到十点钟左右，史卡斯在约斯峰附近和他换了班。这一天，马群在前面只有四分之一英里路远，劲头也比前一天差得多，并且又绕到北边来了。到了晚上，史卡斯换了一匹新马，继续往前追去。

第二天，那些野马在走路的时候，脑袋耷拉下来了，尽管飞毛腿常常给它们打气，可是和后面追赶的人的距离，已经不到一百米了。

到目前为止，一切都是按照预料的那样进行着。野马在绕着大圈子逃跑，大车兜着小圈子跟在后面。野马群回到原来的出发点时，已经筋疲力尽了，可是由于牧人们是轮班换马的，所以回来的时候依然人强马壮，精神抖擞。这些野马被牧人看守住，不让它们去喝水，直到下午近黄昏的时候，才被赶到羚羊泉，痛痛快快地喝了个饱。

现在，这些老练的牧人们的时机到了，可以骑着喂饱了的马围上去。因为野马突然一下子喝了这么多的水，已经喘得不行了，四肢也没劲了，简直要瘫下来了。现在要用套索把它们一个个地套住，一个个地捆起来，那是很容易的事。

　　但是，引起这场追逐的主角飞毛腿，好像是铁打钢铸似的，它那不停歇的、有韵律的步子，现在看起来，还是和开始追逐的那天上午一样快，一样有劲。它跑上跑下地围着马群直打转，一面嘶叫一面做出榜样来，叫它们逃命。可是，这些野马已经累得不行了。

　　那匹在夜里帮助牧人找寻马群的老白马，早在几个钟头之前就已经被拖垮了、累倒了。那些混血种的雌马，对牧人们好像也完全失掉了畏惧心。情况很明显，马群已经落在乔·科隆手里了。

　　乔·科隆甚至这样问自己，要不要用这匹野马去换取那笔优厚的悬赏奖金。因为像这样的一匹马，本身就可以值很多钱，用它做种马，就可以生出许多良种的千里驹。

　　牧人对这匹漂亮的马，越来越喜欢了，现在他宁可把自己最好的坐骑打死，也不愿意朝这匹著名的野牲口开枪。

　　乔·科隆自己那匹最心爱的马也拖垮了。这是一匹有着东部血统的雌马，但是在平原上长大的。要不是因为它有一种古怪的毛病，乔·科隆是决不会得到它的。可是，这匹马跑得又快，身体又强壮，所以在最后要结束这场追逐的时候，乔·科隆选中了它。现在要用套索套住那些雌马是很容易的，但是已经没有这种必要了。

　　乔·科隆把扔在地上的套索拖在手里，解开所有的结，一面走一面把套索整齐地绕在自己的左手上。然后，他把马镫一踢，在这次追逐当中这还是第一次，在相距四分之一英里路的地方，笔直地朝飞毛腿冲了过去。飞毛腿在前面跑，乔·科隆在后面追，大家都用足了气力，那些疲乏不堪的雌马，就七零八落地左右分散开来，让他们跑过去。

　　乔·科隆的马使足全力，笔直地穿过了空旷的平原。跑在前面的飞毛腿呢，还是保持着起步时的姿态，保持着那种出名的有韵律的步子。乔·科隆踢了几下马镫，又冲着牲口吆喝了几声，他的马飞快地跑了起来，但是跟飞毛腿的距离，连一寸也不能缩短。

这时，飞毛腿风驰电掣地穿过了平原，越过一座草坡，再跑过一片松软的沙地，接着，又奔上一块草地，一些土拨鼠在这儿叫着。最后，它跑上坡去，不见了。乔·科隆追了上去，他简直没法相信自己的眼睛，他看见飞毛腿越跑越快了。

乔·科隆只好怨自己倒霉，一面对自己的马又赶又踢，这匹可怜的摇摇晃晃要累倒的牲口又紧张又惊慌，它的眼珠子直打转，脑袋发疯似的从这边摆到那边，走路也不拣道儿了——于是一脚踩进一个獾子洞里，倒了下去，乔·科隆也一起栽在地上。他虽然摔得很重，但他还是站了起来，想骑到他的那匹有点神经错乱的马上去。但是，这匹可怜的牲口已经完蛋了——它的前腿已经跌断了。飞毛腿呢，却一溜烟地跑得无影无踪了。

乔·科隆没有别的办法，只好松开马肚带，一枪把马打死，免得它再受痛苦，然后把马鞍带回了宿营地。

乔·科隆和史卡斯，小心翼翼地把这些雌马赶进了"LF"公司的畜栏里，得到了一笔不小的报酬。

乔·科隆想逮到飞毛腿的决心却比以前更加坚定了。这是一匹什么样的马，他现在已经看得清清楚楚了，他觉得它越来越宝贵，一心一意地想找到一种更好的办法，来把它捉到手。

这一回还不能算是彻底的失败，因为他们逮住了所有的雌马。

四

乔·科隆决心要逮住那匹野马，一向是劲头十足的。一晓得别人也在积极设法逮住飞毛腿，就马上动手尝试一种他所知道的好办法，一种他还没有用过的疲劳追踪的老办法，山狗追捕伶俐的长耳兔子，印第安人骑马捉住跑起来像飞似的羚羊，都采用这种办法。飞毛腿经常活动的地区，是一片方圆六十英里的三角形地带，它的南面是加拿大河；东北面是它的支流平纳维梯托斯河；西面则是顿卡罗斯山和乌特河谷。人们都认为，飞毛腿从来没有跑出过这个地区，并且总是把羚羊泉当作它的活动中心。

乔·科隆对这个地区非常熟悉，所有的水坑、错综复杂的河谷和飞毛腿活动的路线，他都很清楚。要是他能有五十匹好马，就可以方便地把它们布在各处，但是，他现在所能调用的，却只有二十匹马和五个好骑手。

他们事先把这些马好好地饲养了两个星期，然后才分派出去使唤。乔·科隆把任务对每一个骑手交代清楚，在追击的前一天，把他们送上自己的岗位。开始追击的那天，乔·科隆把运货马车赶到羚羊泉附近的平原上，在离得羚羊家很远的一座小吊桥下面安营等候。那匹浑身漆黑的野马，终于从南面的沙丘里跑出来了。

它这回和往常一样，也是一个人。它非常镇静地走近泉水，在四周兜来兜去，看看有没有暗藏的敌人，然后才走到毫无痕迹的地方，喝起水来。乔·科隆守望着它，希望它能多喝一会儿。可是在他赶马前进的时候，飞毛腿正好扭过头来找草吃，它听见马蹄声，又看见一匹马在朝它跑过来，于是也不想瞅瞅清楚，就溜走了。

它穿过平原，用它那种出名的有韵律的步态，一直向南奔去，这种步态使得它比起步时离追赶者更远了。接着它穿过沙丘，稳住了步子，又跑得远了一点。乔·科隆的马因为负载太重，走过沙地的时候，连拖带拐的，整个马蹄都陷在沙里，一步步地落后了。后来追到一片平地上，乔·科隆好像又赶上了些，可是跟着又碰上一条倾斜的长坡，他的马不敢放胆飞奔，因此又一步步地掉在后面了。

可是他们还是一股劲儿地往前跑，乔·科隆拼命用马镫和鞭子赶马。

追过一英里又一英里，远处阿累巴山的岩石，阴森森地越来越近了。

乔·科隆知道那儿有换班的马，于是他们拼命向前奔去。但是，前面的那匹像飞似的起伏前进的黑马，却跑得越来越远了。

他们终于来到了阿累巴河谷，等候在那儿的人站在一边，因为他们并不打算让飞毛腿掉过头来往回跑，它从这儿冲了过去，一口气蹿上了一座山坡。

乔·科隆骑着嘴里直冒白沫的马赶了过来，跳到那匹等候换班的马上，把飞毛腿赶下了山谷。他追上坡去，到了高地上，又把马镫踢个不停，一直追呀，追呀，可是连一英寸也追不上去。

喀隆、喀隆、喀隆，他的马迈着有节奏的步子向前奔去，一小时，一小时，又一小时，亚拉摩萨河就在前头，那儿又有换班的马在等候着。乔·科隆吆喝着自己的马，赶了又赶。那匹黑马一直朝亚拉摩萨河跑去，跑到最后两英里路的时候，一种奇怪的预感使它朝左拐了个弯。乔·科隆早料到有这一招，就不顾一切地把自己累得半死的马赶上前去，想截住飞毛腿。他们跑得咻喷咻喷直喘气，皮鞭甩得啪啪直响，再也没有比他们的追逐更激烈的啦。这时，乔·科隆横插过去，看样子快赶上了，他拔出手枪，放了一枪又一枪，打得尘土直飞。这一下，飞毛腿只好掉转头来，被逼着朝原来的路上插过去。

他们往下跑去。飞毛腿拐回到原来的路上，乔·科隆跳下马来。因为最后这场追逐已经连续跑了三十英里，他的马已经不行了。乔·科隆自己也已累得筋疲力尽。他的眼睛被飞扬的碱质尘土迷住了。他半瞎着眼睛，只好比划手势喊他的"伙伴"向前追，把飞毛腿一直赶到亚拉摩萨河去。

换班的人骑着一匹强壮的新马，像箭似的蹿了出来，他们在起伏不平的原野上，忽上忽下地向前奔去，飞毛腿跑得嘴里直冒白沫。从它鼓得老高的肚子和呼哧呼哧喘气的声音，都看得出它累成了什么样儿，但它还是一鼓作气地向前飞奔。

火鸡爪子骑着琴吉，眼看要赶上去了。可是一个钟头以后，他们来到了亚拉摩萨长坡，火鸡爪子又一点点地慢了下来。这时候，一个刚骑上马背的小伙子跑来换了班，把飞毛腿赶到西面去了。他们跑呀跑呀，跑过土拨鼠的巢穴，穿过杂草地带，越过满是裂缝的沙漠，不停地向前奔驰。飞毛腿浑身沾着污泥，冒着汗水，弄得活像一匹褐色条纹的花马，但是跑起来还是跟以前一个样儿。在后头追赶的小伙子卡灵顿，一开始就把他的马打伤了，这会儿他又踢又赶，要它横穿过一道连飞毛腿见了都害怕的溪谷。可是一个失足，他们就摔了下去。

乔·科隆把马勒住，希望满嘴冒白沫的飞毛腿也来喝水。但是它很聪明，只喝了一口，就涉过溪水向前跑了。乔·科隆又急急地追了上去。到末了，飞毛腿已经跑得老远，乔·科隆的马连蹦带跳地死命追赶，也没法追得上了。

乔·科隆步行着回到宿营地来的时候，已经是第二天早晨了。他的故事说来很简单：八匹马死了——五个人被弄得精疲力竭——无敌的飞毛腿呢，平安无事地溜掉了。

五

火鸡爪子和别人一样，也在很感兴趣地注视着这次追击。失败以后，他冲着锅子笑笑说："我就不信我逮不住飞毛腿，除非我是个大傻瓜。"飞毛腿遭到多次追捕，性子越发野起来了。可是这并没有使它离开羚羊泉。

羚羊泉是这儿唯一饮水的地方，在它四周的一英里以内，敌人根本没法找到隐藏的地方。每天在中午光景，它差不多都要到这儿来，把四处彻头彻尾地检查一遍，才跑过去喝水。自从它的女伴被捉以后，整整一冬，它一直过着孤独的生活，这一点，火鸡爪子知道得很清楚。

老厨子有个好朋友，养着一匹可爱的褐色的小雌马，火鸡爪子认为机会来了。于是就带了一副最最结实的马脚镣，一把铲子，一根应急的套索和一根粗木桩子，骑着那匹雌马，出发到著名的羚羊泉去了。

春天的早晨，阳光是那样的明媚，空气都显得很清新。成群的牛羊散放在各处，四面八方都可以听见草原云雀的歌声。草儿在发绿，整个大自然都变得亲切可爱了。褐色的小雌马被拴在外面吃草的时候，不时地扬起鼻子，发出一声尖脆的长嘶。要是它也会唱歌的话，那它准是在唱情歌。

火鸡爪子在一片平坦的草地附近，选择了一处菅茅丛，先把木桩子牢牢地埋好，再挖好一个足够容身的坑，在坑里铺好一条毯子。他把拴小雌马的绳子尽量收紧，直到它不能动弹为止；然后在中间把套索拉开，把长的一头拴在木桩上，再用一些泥土和草把套索掩埋起来，才躲进自己的坑里去。他等了好半天，到中午的时候，小雌马多情的嘶叫声得到了回答，那是打山上传来的。在远远的西方，乌黑的飞毛腿冲着天空，站立在高高的山头上。

它欢跃地跑到小雌马跟前，一直到自己的鼻子碰到小雌马的鼻子才停下来。正像它所希望的，小雌马亲热地回答它的爱抚，这使它把危险忘记得一干二净，完全沉醉在胜利的欢乐里。它大踏步地兜来兜去，突然，在后退时，一下子踩进了那个倒楣的绳圈里。火鸡爪子又快又猛地把绳子一拉，突地收紧活结，就把它逮住了。

飞毛腿吓得喷着响鼻，一跳跳得老高。火鸡爪子就趁这个机会，把绳子又在它身上绕了一圈。飞毛腿结实的蹄子，歪歪扭扭地向前乱蹦乱跳，刷地一下把套索带跑了。受了惊的飞毛腿跑得非常快，气力也大了许多，但是绳子终于拖到了头，它倒在地上，毫无办法地被抓了俘虏。

驼背的火鸡爪子跳出坑来，彻底制服了这匹威名赫赫的大家伙。飞毛腿的身强力壮，和这个小老头儿的智慧一比，就太不中用啦。这匹大野马一边喷着响鼻，一边用大得吓人的力气拼命逃，想挣脱套索，但是一点用也没有。那根绳子太结实了。火鸡爪子又敏捷地扔出了第二根套索，套住了飞毛腿的前腿，然后又巧妙地一收，把两条腿捆在一起，乱挣乱动的飞毛腿就倒下来，四条腿都被扎得牢牢的，无可奈何地躺在地上。

飞毛腿拼命挣扎，后来力气使尽了，就抽抽噎噎地哭了起来，眼泪也从腮帮子上流下来了。

飞毛腿的两条前腿被牢牢地连在一起，它只能拖着脚一步一步挪着走，要么就是特别痛苦地蹦着走，飞毛腿直到最后一刻也没失掉它的脾气。它的腿非常不自然地连在一块，所以虽然只走了几步远，但它每一次想挣脱脚镣的时候，总是会重重地摔一跤。

火鸡爪子满心欢喜地骑着漂亮的小雌马，他赶它，吓它，用各种巧妙的办法，想把这匹满嘴冒着白沫，发狂似的野马逼到北边的平纳维梯托斯河谷去。可是这匹野马却赖在这儿不肯屈服。

飞毛腿总是愤怒地喷着响鼻，发疯似的蹦来蹦去，一次次地想逃走，又一次次地摔倒，这简直是一场又长久又残酷的战斗，它那发黑发亮的身体的，两边都被鲜血和黑糊糊的泥土黏在一起。它重重地摔倒了无数次，而且经过一整天的驱赶，已经精疲力竭，有点支持不住了。它挣扎着，忽儿跑到东，忽儿蹦到西，力气也没以前那么大了，它喘气时喷出来的水汽，也有一半是血了。唯一能动弹的只剩它那高高扬起的头颅。

那位专横无情的捉马的人，终究没有给他自由，还在逼它往前跑。他们走下斜坡，来到河谷，每走一步都是一场战斗。这时，他们到达了吊桥头。这儿有一条小路是通向河谷的唯一的岔道，那是飞毛腿过去到过的最靠北的地方。在这儿能看见牧场的房屋。

　　这下可把火鸡爪子乐坏了，但是飞毛腿却集中最后的余力，又拼命地冲了一次。它一步步往草坡上跑去，根本不管嗖嗖飞舞的缰绳和朝天射击的枪声，随便什么也别想阻止它发疯似的奔跑。它越登越高，挪到了最陡峭的悬崖边，纵身朝空中一跳，跌下去两百英尺，掉在了下面的岩石上，摔得粉身碎骨。它死了，但是终于获得了自由。

强盗女婿

很久以前，有个磨坊主的女儿非常美丽，她的父亲很想为她选一个好女婿。

不久，有位财主上门求婚，磨坊主非常满意，就同意了。不过，姑娘虽然觉不出财主有什么不好，却不怎么爱他，反而有些怕他。

一天，这位财主未婚夫对姑娘说："我俩订了婚，可你却没有到过我家。"

姑娘说："我非常想去，却找不到路。"

"非常好找的，"未婚夫说，"我家就在村头的大黑森林里，下个星期天，我约了好些朋友，请你来吧！我会在路上撒上灰。那样你就能找到我家了。"

星期天到了，姑娘只好去了。她怕迷了路，在衣袋里装满了豌豆。在森林的入口处，她看见了撒在地上的灰。于是，她走走停停，在地上撒着豌豆。她走了一整天，才来到大森林的中央，那儿有一个房子，里面却一个人也没有。突然，她听到一个声音：

"快回去吧，你这未婚妻，你走进了强盗的屋里！"

她吓坏了，抬头一看，看见是一只小鸟在说话。小鸟见她抬起了头，又说了一遍：

"快回去吧，你这未婚妻，你走进了强盗的屋里！"

　　姑娘找遍了所有的房间，不见一个人影，就来到地下室里，那儿坐着一个老太太。她说："可怜的孩子，你快离开这儿吧！跟你订婚的那个家伙是个强盗，他们会把你用水煮了吃掉的。"

　　这个时候，上面有了动静，老太太连忙把姑娘藏在大木桶后面，让她千万别动。姑娘刚藏好，那些强盗就带着一个姑娘回来了，他们让小姑娘喝下三杯酒后，她的心就炸开了。他们把小姑娘放在桌上，撕破她的衣服后把她切成小块，撒上盐炖着吃。美丽的姑娘看得目瞪口呆。有个强盗用斧子砍下小姑娘的无名指，因为上面有个金戒指，谁想他用力过猛，指头飞过大桶，正巧落进姑娘的怀中。老太太见他四处寻找，连忙招呼他们吃饭。强盗们酒足饭饱之后，都呼呼大睡。老太太带着美丽的姑娘逃出了强盗的家。虽然强盗撒的灰被风吹掉了，但地上的小豌豆指引着她们走出了森林。回到家里，惊恐不已的姑娘向父亲讲述了她的遭遇。

　　举行婚礼的日子到了，新郎来了。磨坊主请来很多亲戚朋友。

　　酒宴上，他要求每个人讲一个故事。人们都七嘴八舌地讲着，新娘却一声不吭地坐在那儿。新郎就问她是怎么回事。

　　新娘说："我昨晚做了个梦，想讲给大家听。"

　　于是，她讲出了她的亲身经历，并且取出那个被害小姑娘戴戒指的小指头。

　　强盗听得目瞪口呆，起身想逃。大家一起动手，把他捉起来送进法院。这个强盗和他的同伙都受到了应有的惩罚。

海兔

很久以前，有个公主，她非常骄傲，不愿受任何人的约束，所以下决心一辈子不要丈夫。她有一座巨大的宫殿，宫殿里有一间有十二扇窗子的大厅。她只要依次打开窗子就会看到天上、地下、水中的一切，什么都逃不过她的眼睛。她骄傲地向全国发出通告：不论是谁，只要能够躲到她看不见的地方隐藏三天，她就会嫁给谁；可是，只要被她发现，则立即被砍掉脑袋。

公主虽然骄横，但非常美丽，很多人甘愿冒着杀头的危险来求婚。结果，柱子上已经挂上了九十七个青年的脑袋。

有一天，来了兄弟三人要试试运气。公主说："只要你们不怕掉脑袋，当然能够拿生命来赌一次，你们可要想好了！"

老大爬进岩洞，自认为非常隐蔽，公主只打开第一扇窗子，就发现了他的藏身所在。公主立即派人把他抓出来，砍下脑袋。老二钻进宫中的地窖里，公主打开第一扇窗子，没有发现他，她轻蔑地打开第二扇窗子，立刻看到了老二。于是，老二的人头也无例外地挂到了柱子上。

老三请求公主多给他一天时间，另外藏三次，如果第三次仍逃不出公主的眼睛，甘愿牺牲性命。他说得谦卑、诚恳，公主见他漂亮、讨人喜欢的样子，意外地答应了。

第二天，老三想了好久，还是想不出妥善的藏身办法。他觉得太闷了，拿出猎枪到林中去打猎。树上站着一只乌鸦，他举枪瞄准。乌鸦叫道："别向我开枪，我会报答你的。"

老三觉得乌鸦有些可怜，就放下枪，继续往前走。在湖边，他看到水面伸出一个非常大的鱼头，他急忙举枪瞄准。鱼忽然大叫道："不要开枪，我会报答你的。"

他放下枪，忽然一只狐狸一瘸一拐地走过来，他开了一枪，但没有射中。狐狸叫道："你最好还是先把我爪子上的刺拔出来。"他觉得有些好笑，但还是照办了。不过他还是想把狐狸打死，剥它的皮。狐狸看出了他的心思，说："饶了我，日后我会帮助你的。"

这时天色慢慢黑下来，他决定回到家思考藏身的大问题。他想了一夜，还是想不出万全的办法。天亮后，他在森林中找到乌鸦，问："我饶过你的命。现在你告诉我，藏在哪儿，才不会被公主发现。"

乌鸦低头想了很久，才说："有办法了。"它从巢中叼出一枚蛋，啄成两半，对老三说："你躲到里面去吧，也许能够躲过公主的眼睛。"公主开始寻找他，她接连打开十扇窗子，还是没发现老三，她有些急了，直到打开第十一扇窗子，才清楚地看到，小伙子藏在乌鸦蛋里。公主派人将乌鸦蛋取来，打破，老三沮丧地站起来。

公主说："你还可以藏两次。"

小伙子来到河边，对大鱼说："你说过的，要报答我，请你告诉我，藏到什么地方才会躲过公主的眼睛？"

鱼沉思了好一会儿，说："你躲进我的肚子里来吧，公主不会发现的。"小伙子认为这个主意不坏，他跳进鱼肚子，鱼沉入水底。公主这次费了非常大的劲儿，一直打到第十二扇窗户，才发现小伙子的藏身之处。公主派人把大鱼抓上岸，剖开鱼的肚子，小伙子低着头，走出来。公主说："还有最后一次机会，你再被我捉住，你的头就是柱子上的第一百个人头。"

最后一次，他找到狐狸，问："都说你是世上最聪明的动物，那么你一定知道我藏在何处，才会瞒过公主的眼睛。"

狐狸说："这件事非常难！"它不停地踱着步子沉思，最后抬起头来说："你跟着我沉入水底，出来时，我变成买卖动物和杂货的小贩，你变作一只海兔，我们到市场去，那儿的人多，公主不会发现的。"

于是他们按计施行。狐狸变的小贩带着人变的海兔在市场中兜售。狐狸对小伙子说："如果公主将你买去，你就跳上她的肩膀，躲到她辫子底下，她发现不了你。"

市场上，人们争着来观赏稀奇的海兔，后来公主也赶到了，她非常喜欢小海兔，立即买下来，带到宫中。公主忽然想起来，应该寻找那个小伙子了。她连续打开十二扇窗子，还是没发现小伙子的身影，她又急又怕，用尽最大的力气把窗子狠狠地关上，结果所有的玻璃被震得粉碎，连宫殿都颤动起来。

公主打算休息一会儿，觉得小海兔在辫子底下，她生气地把它抓下来摔到地上。小海兔立刻跑回市场，和狐狸沉入水底，恢复人形，然后来到宫中。公主见到他悻悻地说："你胜利了。"

婚礼格外隆重。老国王死后，老三当了国王。他心中非常得意，但他从来没向公主吐露过藏身的实情，公主把他看成是了不起的英雄，对他始终敬重有加。公主到死都不知道，这一切都是出于狐狸的巧妙安排。

真正的新娘

　　很久以前，有一个年轻的姑娘，她不仅长得漂亮，人还很善良，可惜她的母亲去世得太早了，继母干出的事情伤透了她的心。然而不管继母叫她干的活有多难，她总是尽自己的力量去做，从来不知疲倦。可结果却总不能让那狠毒的女人感动，她总是认为事情做得不够好，她永远都是指责她，对她不满意。姑娘干活越是勤快，继母就让她干更多的活。她除了想方设法给姑娘加重负担，使她生活得极端困苦外，其他的一概不问。

　　有一天，她对姑娘说，"你把这十二磅羽毛的羽绒剥干净，如果到今天晚上你做不完的话，那么一顿棍棒是免不了的。难道你认为你能整天偷懒吗？"

　　可怜的姑娘一边坐下剥羽毛，一边泪流不止，因为她心里明白，她是不可能在一天时间里把这些活儿都干完的。

　　她挑选好一撮羽毛放在自己面前，她心里明白，如果叹一口气或者因为心里不安而合了一下掌的话就会让羽毛飘得到处都是，她又要重新收拾，从头再选一遍。

　　有一次，她把两肘支在桌子上，双手托着脸，叫道："难道天底下就没有人能可怜我吗？"

　　她刚说完这话，耳边就响起了一个温柔的声音说："放心吧，我的孩子，让我来帮你。"

姑娘抬起头一看，只看见一个老婆婆站在她的旁边。这位老婆婆亲切和蔼地握住姑娘的手，说道：“尽管把你心里的话向我诉说吧，我能帮你。”

因为她说得非常诚恳，姑娘就把自己悲惨的生活告诉了她，说她要承受一个又一个的重担。继母要求她完成的活儿，她根本没办法完成。“继母就威胁我说如果我今天晚上不把这些羽毛剥好，她就要打我。我知道，她这么说就一定会这么做的。”

她说着说着，眼泪已经禁不住流了下来。那位善良的老婆婆说：“别担心，孩子，你先去休息，这些活儿就交给我来做完吧！”

姑娘躺到床上，很快便睡着了。

老婆婆坐到那个堆着羽毛的桌子跟前，“嗬！”她用她那枯骨一般的手轻轻往羽毛上一碰，羽绒就从羽茎上飞落下来。不一会儿，十二磅的羽绒就已经全部剥好了。

等姑娘一觉醒来，一大堆雪白的羽毛高高地堆在那儿，房间也被打扫得干干净净，那位老婆婆却早已离开了。姑娘非常感谢上帝，她静静地坐在那儿，一直到晚上。

继母回来后，她看到姑娘已经把羽毛剥好了，感到非常吃惊。“你瞧，死丫头，”她说，“只要人勤快，再难的事不也能完得成吗？难道你就不知道再找点事做吗？为什么要坐在那里，把两只手抱在怀里干等着呢？”

她走出去的时候嘴里还在唠叨着：“这个死丫头看来还有点本事，以后我要把更难的活儿给她做。”

第二天早上，她把姑娘叫到跟前，说道：“这是一把勺子，你用它替我把花园旁边那个大池塘里的水舀干净。可如果到了晚上没有舀干，你知道会有什么下场。”

　　姑娘接过勺子一看，发现这是一把漏勺，就算勺子完好，用它舀完池塘里的水也不可能呀。可是她不敢犹豫，赶紧做了起来，她跪在池塘边舀水，眼泪却已经止不住地流了下来。

　　这时，那位好心的老婆婆又一次出现在姑娘面前，当她听姑娘说完哭泣的理由后，说道："放心吧，我的孩子，你先在矮树丛里歇一会吧，我会替你把活儿干完的。"

　　只剩下老婆婆一个人在那儿的时候，她只是轻轻地碰了一下池水，池水就像雾气一样，升腾到半空中，化作云彩了。

　　池塘里的水就这样干了。太阳快要下山的时候，姑娘醒了，她来到池塘边，只见池塘里尽是在污泥中活蹦乱跳的鱼，却瞧不见老婆婆了。她便跑到继母那里，告诉她活儿已经做完了。

　　"这活儿你是怎么干完的。"继母这样说，她气得脸都发白了，可是心里却又在想别的办法对付姑娘。

　　第三天早上，她又对姑娘说："你要在那里给我建造一座美丽的宫殿，时间最迟不能超过今天晚上。"

　　姑娘焦急地说："我一个人怎么干得了这么大的工程呀？"

　　"这事你无权反抗，"继母叫道，"既然你能够用漏勺把池水舀干，那么就一定能造一座宫殿出来。今天我就要搬进去，一样东西也不能缺，哪怕是厨房或者地窖里的小东西也不行，否则的话你自己知道你将会有什么后果。"说完就把姑娘赶了出去。姑娘来到山谷里，只见那儿都是一层叠一层的岩石，可她就是使出浑身的劲儿连最小的岩石也搬不动呀。她坐在那里哭了起来，多么希望那位好心的老婆婆在跟前呀。

　　果真，没过多久，老婆婆就来了，她安慰姑娘说："你尽管躺到树荫底下休息去吧，我一定会替你把宫殿造好的。如果你喜欢这座宫殿，那么你就自己搬进去住。"

于是姑娘走了，老婆婆只是摸了摸那些灰白的岩石，这些岩石就像接受了命令似的，自己活动起来，它们堆到一起，一块块竖在那里，好像一个个巨人在建造城墙。就这样，石头被一块块砌起来了。好像有无数看不见的手在忙活，地面发出隆隆声，不一会儿，房子就起来了。隆隆的声音从地面响起来，房子有规律地排列成一行行。屋顶上的瓦也一排排整整齐齐地自动铺好了。等到中午的时候，就有一面巨大的信风旗竖立在屋顶上随风转动，好似有着长头发的金发少女。到了晚上，宫殿里的所有设施也都完工了。

谁也不知道老婆婆是怎么干完这些活的。就连房间的墙壁也都贴上了丝绸还有天鹅绒，摆设的椅子上都绣有五彩缤纷的花纹，大理石的桌子边放有装饰精致的扶手椅，吊灯从天花板上垂下来像一根水晶树枝似的，照得光滑的地板闪闪发亮，绿鹦鹉蹲在金丝笼里，还有很多叫不出名字的鸟在唱着悦耳动听的歌……好一派金碧辉煌的景象，就好像国王要搬进来了似的。

太阳刚刚落山，姑娘就醒了。朝她迎面射来的是成千上万盏光芒四射的灯发出的光。她三步并作两步走上前去，跨入敞开的大门走进宫殿。红地毯铺满了台阶，在鲜花盛开的树林里面，金色的栏杆若隐若现。

姑娘盯着那豪华的房间，差点儿昏过去，她站在那里纹丝不动。要不是她忽地想起那个继母，她一定舍不得离开。

"唉，"她喃喃自语道，"这回她该满意了吧，也许我再也不用受苦，过苦日子了。"

姑娘跑回家把宫殿造好的事告诉了继母。

"我要立刻搬进去。"继母一边说着，一边从凳子上一跃而起。

当她踏进宫殿时，灯光照得她眼花缭乱，她不得不用手遮住了眼睛。

"你看吧！"她对姑娘说，"这都是些多么容易的活儿啊，我应该给你派更难的活儿。"

她绕着房间走了一遍又一遍，察看了屋子里每一个角落，想要看看缺少点儿什么，或者有什么不对的地方，可是一丁点儿瑕疵她也没能找到。

"现在我们下去，"她说，眼睛凶巴巴地看着姑娘，"我也得把厨房还有地窖好好检查检查。你要是忘了什么东西的话，你就等着接受惩罚吧！"

可是炉灶里的火烧得正旺，锅子里在煮着食物，工作服还有铲子也都在一边整整齐齐地放着，闪闪发光的黄铜餐具靠墙放着。厨房里什么都不少，并且井井有条，包括煤箱和水桶也都齐全。

"怎么去地窖？"她问，"要是没有足够多的酒桶在地窖里的话，你也等着受罚吧！"

她自己打开地窖的活门，顺着扶梯往下走，可是还没走几步，沉重的活门由于支撑不住而倒了下去。

只听到一声叫喊，姑娘连忙掀开地窖门，她本来想去帮助继母，可是她已经躺在地上，摔死了。

于是，姑娘成为这座豪华宫殿唯一的主人了。刚开始，她简直不敢相信自己已经处在幸福之中。柜橱里挂着美丽的衣服，箱子里装满了金银珠宝。她还有什么愿望不能满足的呢？

很快，全世界的人都知道了姑娘的美貌和财富。每天上门来求婚的人都络绎不绝，可是没有一个她喜欢的。最后来了一位王子，这位王子终于打动了她的心，于是他们俩订婚了。

在宫殿的花园里，有一棵绿色的菩提树。有一天，他们坐在这棵树下互吐心声，他对她说："我必须要回去一下，只有得到父亲的允许我们才能结婚。请你在这棵树下等我，不出几个时辰我就会回来的。"

姑娘吻了吻王子的左脸，说："你要对我忠实，任何其他人也不得吻你的另一边脸。我愿意在这棵菩提树下一直等你回来。"

于是姑娘坐在树下等，可是一直等到太阳落山仍不见王子回来，她每天从早到晚等了三天三夜，可是还是没有见到他。到了第四天还不见王子回来，于是她说："他一定是遭到什么不幸了，我要出门去找他，找不到他我绝不回来。"

她把三件最漂亮的衣服包好，一件上面绣有闪闪发光的星星，一件上面绣有银色的月亮，还有一件绣有金色的太阳，接着她又抓了一把宝石，把它们包在头巾里，然后便出发了。

她四处打听她的未婚夫，可是却没有人看见过他，也没有人知道他去哪里了。于是她四处漫游，走遍了天涯海角，可是始终都没有她未婚夫的下落。最后，她只好在一个农夫那里当放牧女，而那些漂亮的衣服还有那些宝石，则被她埋在石头底下藏了起来。

就这样，她开始过起放牧女的生活，每天都满怀着深深的忧愁和对情人的无比思念出去放牧。

有一头跟她非常熟悉的小牛，她常常亲手喂它饲料，如果她说："小牛，小牛，你跪下，别忘了你的放牧女。王子忘了他的未婚妻，她坐在菩提树绿荫下好悲戚。"小牛就会立即跪下，乖乖地让她抚摸。

当她就这样十分忧愁地过了几年后，她所在的这个国家到处在传言：公主即将举行婚礼了。

姑娘住的这个村子正好处在去城市的必经之路上。有一天，她在放牧，新郎刚好从这里路过。他连看都没看她一眼，只顾傲慢地坐在马上，可是，她看见他时，却一眼就认出了他，正是她日夜思念的王子。这时，她的心好像被刀刺了似的非常难受。

"哦，"她说，"我还认为他对我是忠实的，可是他这么快就把我忘了。"第二天，他再一次经过这条路。当他走近时，她对小牛说："小牛，小牛，你跪下，别忘了你的放牧女。王子忘了他的未婚妻，她坐在菩提树绿荫下好悲戚。"一听到这个声音，他不禁低头看了一眼，然后勒住马，把放牧女仔细打量了一番，随后把手放在眼前，似乎是在回想什么事情似的，可是最后他继续往前骑去，很快便消失了。

"哦，"她说，"他不认识我了。"从此她更加难过了。

听说不久会有一个为期三天的盛大宴会将要在国王的宫殿里举行，到时候，整个国家的人民都将受邀参加。

"这是最后的机会了，我一定要试试。"姑娘想着。到了晚上，她来到石头边，她的宝藏就藏在底下。她把绣有金太阳的衣服穿在身上，并且用宝石把自己打扮得光彩夺目，然后用头巾包住头发，系好，让长长的鬈发垂下来。一番梳洗打扮之后，她便朝城里走去。那时天色很暗，并没有人注意她。

当她走进灯火通明的大厅时，大家都非常吃惊地给她让路，谁也不知道这个漂亮的女子是什么人。

王子走到她面前，可是他却已经认不出她了。他邀她去跳舞，他已经被她的美貌弄得神魂颠倒了，早已把他的新娘忘得一干二净。

而宴会一结束，姑娘便立刻消失在拥挤的人群中，她要在天亮之前赶回村里，重新穿上放牧女的衣服。

第二天晚上，她穿上那件绣有银色月亮的衣服，头发用一颗月牙形的宝石装饰。当她出现在宴会上时，所有人的目光都向她投去，王子也快步向她迎去，对她满含衷情，并且只同她一个人跳舞，看也不看别人一眼。就在她要离开的时候，他要她答应第三天晚上一定来参加宴会。

当她第三次出现时，她穿着绣有星星的衣服，随着她跳动的步伐，衣服也闪闪发光，连发带还有腰带上也镶有宝石做的星星。这时王子已经等了很久了，他从人群中向她挤去。

"快告诉我，你是谁？"他说，"我觉得我们从前就认识。"

"难道你都忘了吗？"她回答说，"当我们俩上次分手的时候，我做了什么吗？"

这时她走到他跟前，在他的左脸上吻了一下。一下子，王子突然记起来了，认出了她才是真正的新娘。

"走，"他对她说，"在这里我一刻也待不下去了。"他拉着她的手，直奔马车跑去。马匹向着美丽的宫殿飞奔而去，仿佛风儿在驾驭着它们似的。宫殿里辉煌的灯光透过窗户照到非常远的地方。

他们经过菩提树，许多萤火虫在树间飞舞，菩提树枝叶繁茂，散发出一股股芬芳。台阶上鲜花盛开，房间里到处能听到不知名的鸟儿的啼叫声。全宫殿的人都已经等候在大厅里了，牧师在等着为新郎和真正的新娘举行婚礼。

小偷和师傅

　　望子成龙的杨一心盼望自己的儿子能够学有所长。他请教了很多人，问他们有什么办法教儿子学会最适合他自己的手艺。人们都不能给他一个满意的回答。最后，他跑到教堂里祈求上帝为他解决这个疑问。爱好恶作剧的教堂司事站在祭坛后面模仿上帝的声音说道："他适合做小偷，你最好找个人教他学偷东西。"

　　杨信以为真，他一回到家就对儿子说道："我想立刻让你学偷东西，这一切都是上帝的安排。"于是，他带着自己心爱的儿子离家远行，去寻找适合做他儿子师傅的人。他们上路了。走啊走啊，走了不知有多长时间，他们终于在一座大森林里看到一座小茅屋，在小茅屋里住着一个孤独的老太婆。杨赶忙上前请教说："请问老人家，哪里有能教会我儿子偷东西的师傅？"

　　老太婆沉默了几分钟，然后对杨说："他能留在我这儿学，我有一个独生子，他是这个行当的老大，不过我儿子行踪不定，要见他，你们在这儿等几天。"杨等了几天，终于见到了老太婆的儿子。杨立刻让自己的儿子磕头拜师。小偷师傅仔细把杨的儿子看了一番然后对他说："嗯，我非常愿意教你的儿子，一年之后，你再来，如果你能够认出自己的儿子，我一分钱都不会向你要的。可是如果你认不出他，你就得给我二百塔勒。"

　　父亲回到家之后，儿子潜心修习魔法还有偷术。一年的时间过去了，杨去接儿子。他边走边伤心地想着心事，假如自己认不出自己的儿子怎么办？他满怀心事地向前走着，这时对面走来一个小矮人，小矮人对他说："老哥，看你如此忧愁，究竟出了什么事？"

杨忧愁地说："就在一年以前，我送儿子到一个小偷师傅那里学习偷术。那位师傅说一年后保证我儿子像换了个人似的，而且他还说如果我还能认出我的儿子，他就不收学费，如果认不出，要交二百塔勒的学费。我担心的是，假如我认不出，我哪有这么一大笔钱啊！"

小矮人听了杨的一番话，颇为同情杨的遭遇，因而他对杨说："你不用着急，放心去吧，你会认出你儿子的。你带一块干面包，朝烟囱下方的方向走去，就在挂水壶的杆子上挂着一只金丝鸟笼，里面有只小鸟，假如你喂它干面包，它吃的话，说明它就是你的儿子。"父亲照小矮人的吩咐做了，他看到了一只鸟笼，笼中有一只鸟，其实那只鸟就是他的儿子。儿子看到父亲来了，在笼子里欢快地蹦来跳去，可是他的师傅却变卦了，他狡辩说："你一定是受了魔鬼的点拨才认出自己的儿子的！"

可是，儿子还是回到父亲身边，他们高高兴兴地走在回家的路上。就在途中，一辆马车疾驶而来，车上坐着一个肥胖的老爷。儿子便诡异地对父亲一笑："爸爸，这回你可以大赚一笔钱了，我把自己变成一只奔跑如飞的大狗，你把我卖给那个车里的老爷。"

于是儿子摇身一变，变成了一只肥壮的狗。路人的目光都被这只狗吸引住了。马车里坐着的那个肥胖的老爷说："老兄啊，你可愿意卖掉这只狗，我愿出高价买下！"

父亲问道："你出多少钱？"

肥老爷伸出三根肥胖的手指说："三十塔勒怎么样？"

父亲叹口气说："尽管你这价钱实在太低，我还是卖了吧，谁叫我现在急需钱呢！"于是父亲就把这只狗卖掉了。肥老爷把这条狗抱到车里。

当马车向前行驶了一小段路程之后，狗灵巧地从车里跳了出来。小伙子又变回原样站在了父亲的身旁。

父子俩一路交谈，有说有笑地回到家中。过了一天，他们走到邻村的一个集市上，小伙子对父亲说："我现在就变成一匹飞奔如箭的骏马，然后你高价把我卖掉。记住，在卖的时候，一定要把笼头取下，否则的话，我就不能变回去了。"父亲听了儿子的话，把马拉到集市上去卖。不一会，小偷师傅乔装打扮来到市场，买了这匹马，他用法术迷惑了杨，使他忘记了摘下马的笼头。

小偷师傅拉着马回到家中，把马牢牢拴在马厩里。有个心不在焉的女佣正好从马的旁边走过。

马开口说话了："快快取下我的笼头。"

佣人觉得好生奇怪，她还从来没见过这么神奇的动物呢，居然会说话！于是，她走上前去，解开了骏马的笼头。那匹马立刻变成一只麻雀，拍拍翅膀飞走了。而小偷师傅也变成一只麻雀紧追其后，他们飞在一起，互相撕咬。师傅毕竟年老，不能抵挡徒弟的猛烈进攻，最后他变成一条鱼潜入水中，小伙子紧追不舍，也变成一条鱼潜入水中，跟师傅打斗起来。师傅招架不住，又变成一只公鸡，想要逃跑，而小伙子变成了狐狸，一口就把公鸡的脑袋咬了下来。师傅终于死了，他的尸体至今还躺在那儿。小伙子又变回了原来的样子。

兔子和刺猬

　　孩子们，这似乎是一个听起来令人难以置信的故事，可是它确实是千真万确的，因为对我讲这个故事的祖父，每次兴高采烈地讲完后总是说："我的孩子，这可是千真万确的哟，否则其他人就不会这样讲了。"

　　故事是这样的：一个秋天的礼拜天早上，正直荞麦抽穗的时节，太阳高高挂在空中，十分灿烂，阵阵晨风，轻轻地吹拂着收割过的田野，百灵鸟在空中叽叽喳喳地嬉戏，小蜜蜂在荞麦间嗡嗡地飞舞，人们都穿着漂亮的假日衣服去礼拜堂，所有的一切都显得生机勃勃。就连刺猬也一样。

　　刺猬站在自己的房屋门前，双臂交叉着放在胸前，哼着一首小曲，观赏晨风微微吹拂大地的景致。他哼得一般，完全同任何一只在礼拜天早晨哼小曲的刺猬一样。

　　他正悠闲地哼着小曲时，忽然冒出一个想法：趁现在妻子在给孩子们洗脸穿衣，他可以去田野里转转，顺便观察观察萝卜的长势。

　　那块萝卜地离他们家还算近，他经常跟全家人一起在那里痛快地吃上一顿，无形中，他已经把那块地当成了他的私有财产。

　　说做就做。刺猬把门锁上，往田野里走去。他刚走出不远，想绕过一片田野边的野蔷薇，去萝卜地时，却瞧见兔子正迎面走来。兔子也是出于同样的原因，出来走走，想去看看白菜地。

　　刺猬看到兔子，便亲切地上前跟他打招呼，说："早上好。"兔子自以为他是一位高贵的先生，态度显得十分傲慢，不但不理睬刺猬的问候，反而摆出一副不屑一顾的样子，对刺猬说："一大早，你这样在田野里逛来逛去的，是怎么回事呀？"

"我正散步呢。"刺猬回答。

"散步？"兔子轻蔑地笑道，"我觉得，你的腿应该用在适当的地方。"

刺猬对兔子的话非常不高兴，其他话他都不在乎，就是不喜欢别人笑话他的腿，因为他的腿天生就是弯曲的。

"那么你觉得，"刺猬对兔子说，"你的腿就适合散步吗？"

"我是这样认为的。"兔子说。

"就这个问题我们可以比试比试，"刺猬说，"我愿意跟你打赌，如果你跟我赛跑的话，我一定会赢你。"

"你是个弯腿，还想跟我赛跑，简直是自不量力，笑死人了。"兔子说，"不过，你既然乐意这么做，那么我就跟你较量一次吧。你想拿什么跟我赌呢？"

"就拿一枚金币和一瓶白兰地吧！"刺猬说。

"行，"兔子说，"那我们现在就开始吧！"

"不用这么着急，"刺猬说，"我现在有点饿，得先回去吃点东西，半个小时以后我再回来找你吧。"

刺猬说完就走了，兔子也没有理他。

刺猬走到半路上，心想：这个兔子自认为他的腿长，可是我一定不能输给他。虽然他的腿比我强，可是同时也是个笨蛋，他一定会输的。

刺猬回到家，对他老婆说："亲爱的，赶快穿好衣服，咱们俩一起到田里去一趟。"

"出什么事了吗？"刺猬老婆问。

"我刚才和兔子打赌了，赌一枚金币和一瓶白兰地，我要和他赛跑，你必须得在场。"

"哦，天哪，老头子，"刺猬的老婆叫道，"难道你疯了吗？你脑子该不会出问题了吧？你怎么会想去跟兔子赛跑呢？"

"别管那么多了，亲爱的，"刺猬说，"这不关你的事。男人的事别管那么多了，你只管立刻穿上衣服跟我走就行了。"

刺猬的老婆也拿他没办法。不管她愿意不愿意，只得乖乖地听他的话。

他们俩走到半路上，刺猬对他老婆说："我现在说的话你要好好听着！你看到那块长长的耕地了吗？我们过会儿就要在那儿赛跑。兔子在这条垄沟里跑，而我就在那条垄沟里跑，我们从那上面起跑。你要做的呢，就是在这条沟里站着，等兔子从他那条沟里跑过来时，你只要跟他说：'我早就跑到这里了'就行了。"

他说完这些话就来到耕田上，刺猬让他老婆站到安排好的位置，然后就径直朝耕地的那一头走去。

当他到达起跑线时，兔子已经在那里等了好久了。

"现在我们能开始了吧？"兔子说。

"能。"刺猬说。

"那就准备好吧！"

他们在各自垄沟里站好。兔子数道："一、二、三！"他刚一数完，就像离弦的箭一样朝另一头跑去。

与此同时刺猬大概只跑了三步路，就累得受不了了，他往沟下面一蹲，就开始休息。

可当兔子跑到耕地的另一头时，刺猬的老婆便对他喊："我早就跑到了。"

这着实让兔子吃了一惊，他觉得冲他喊话的就是刺猬，因为谁都知道，单从长相上看，刺猬老婆跟她丈夫是一模一样的。

不过，兔子还是不明白究竟是怎么回事。"这事一定有什么蹊跷。"他喊道："不行，我们得再跑一次！"

紧接着，他又开始像风也似的奔跑，跑得他的耳朵都好像从头上飞起来了。而刺猬的妻子却依旧非常镇定地站在原来的地方。

当兔子跑到那一头时，刺猬又对他喊了起来："我早就跑到这里了。"

兔子气疯了，叫道："回去，我们再跑一次！"

"我无所谓，"刺猬说，"要跑多少次都无妨。"

就这样，兔子跑了七十三次，而刺猬还是站在原来的地方不动。兔子每次跑到终点，刺猬或他的老婆就说："我早就跑到这里了。"

在跑第七十四次的时候，兔子却跑不到终点了。刚跑到田地中间，他就倒了下去，鲜血从脖子上往下流，他再也起不来了。

就这样，刺猬拿着赢到手的金币还有白兰地，把他老婆从垄沟里叫了出来，两个人一起欢快地回家去了。要是他们没死的话，那么现在还在幸福的生活呢。

这就是在布克斯特胡德尔原野上，刺猬同兔子赛跑，结果兔子却跑死了的故事。这件事之后，就再也没有兔子敢和布克斯特胡德尔的刺猬赛跑了。

这个故事告诉我们这样两个道理：第一，谁也不能够骄傲自满，瞧不起一个平常的、微不足道的人，哪怕是一只刺猬也不行；第二，如果一个人要结婚，那么最好是找一个和自己相貌还有地位差不多的人做妻子。比方说：如果是一只刺猬，那么他就要找一只刺猬做妻子，以此类推。

纺锤、梭子和缝衣针

很久以前有个姑娘，她的父母亲去世很早，在她很小的时候就离开了她。在村头有一座小房子，她的养母独自一人住在那里，靠纺纱、织布还有缝衣服生活。

老婆婆把这个无依无靠的孩子带来跟自己一起住，不单教她干活，还教育她做任何事情都要忠诚老实。

到了姑娘十五岁的时候，老婆婆生了一场大病，她把那孩子叫到床前，说道："亲爱的孩子，我觉得我的日子不多了，这座小房子留给你，它能为你挡风遮雨，另外还有纺锤、梭子和缝衣针，你能够用它们混口饭吃。"说着，她把手放到姑娘的头上，为她祈福道："上帝常在你心中，幸福生活会来的。"

老婆婆说完这席话，就去世了，下葬的时候，姑娘非常伤心，跟在棺材后边一个劲儿地哭，她对老婆婆非常不舍。

从此以后，小房子里就只剩下姑娘一个人了，她非常勤快。纺纱、织布、缝衣服，善良的老婆婆临终前所交代的事，她样样都做到了。

屋子里的亚麻好像自己会多起来一样，而且，只要她织好一块布或者一条地毯，或者每缝好一件衣服，立刻就有人出高价把它买走，因而她不觉得生活有什么困难，并且经常把自己的钱分给穷人。

国王的儿子周游全国，想找一位女子做自己的妻子。据说他既不想选一个贫穷的，也不想要一个富裕的。他说："我的妻子应该是最贫穷又最富裕的女人。"

后来他来到了姑娘居住的村子，如在其他地方一样，他向村民们询问，寻找本地富裕和贫穷同时具备的姑娘。

村民们先把最富裕的姑娘的名字告诉了王子，至于最贫穷的，他们说，要算村子最尽头的那座小房子里的姑娘了。

富姑娘打扮得漂漂亮亮的，端坐在小屋前，当王子走近时，她站起身迎上前去，朝他鞠了一躬。王子看了她一眼，却一句话都没说，骑着马继续往前走。

当他向那个穷姑娘的房屋走去时，她不像那些富姑娘一样站在门前，而是坐在她的小屋子里。他停下来，低头朝窗户里看去，明亮的阳光射进窗子，姑娘正坐在纺车边认真地纺纱。

这时她才抬起头，她一看王子在朝她张望，脸不由自主地红了起来，接着又垂下眼睛继续纺纱。

谁知道她这回纺出的线跟先前是不是一样呢？不过，王子都已经骑马走了，她还在仔细地纺着。

过后她才一步跨到窗前，推开窗户说道："这小房间里实在太热了。"这时，她望着王子的背影，直到再也看不到他那帽子上白色的羽毛为止。

不久，姑娘又继续回到屋子里做活，接着纺纱。她纺着纺着，忽然轻轻地哼起歌来，这是老婆婆从前做活时常对她唱的歌。"纺锤呀，纺锤，你快快出去，把求婚的人带到我家里来。"谁也不知道后来会发生什么。那纺锤竟从她手里跳了下来，朝门外飞去。她吃惊地站起身来，眼瞅着它有趣地一蹦一跳来到田野上，身后拖着一根闪闪发光的金丝线。不一会儿，她就已经看不见它了。

没了纺锤，她就只好坐到织布机上，用梭子织起布来。

另一边，纺锤仍然在一蹦一跳地往前跑，当它碰到王子的时候，身上的线正好也到了头儿。

"这是什么东西？"王子吃了一惊叫道，"难道这个纺锤是在给我引路？"他便掉转马头，顺着金丝线往回骑。这时，姑娘依旧坐在那儿一边做活，一边唱道："梭子呀，梭子，快快织布，把求婚的人给我带进屋来。"等她唱完歌，她手里的梭子突然蹦了出去，一下子就蹦到了门外，接着，它居然在门槛前织起地毯来。这条地毯十分漂亮，再没有比这条地毯更漂亮的了。

地毯的两边是盛开的玫瑰花和百合花的图案，中间有绿色的葡萄藤搭配着金色的底子，葡萄藤间很多野兔和家兔在跳跃，鹿和狍子在树木花丛中伸着脖子，五颜六色的鸟儿栖息在树枝上，唯一可惜的是它们不会鸣叫。

梭子来回跳跃，竟像织出了活的花朵似的。

等梭子跑出去后，姑娘就拿起缝衣针来，坐下来缝衣服，她又唱道："缝衣针呀，缝衣针，你又尖又细。快为求婚的人把房子打扫干净。"缝衣针立刻从她手里蹿了出去，在房间里飞来飞去，速度像闪电一样。好像有很多看不见的精灵在屋子里干活，没过多久，桌子和板凳上就铺上了绿色的布，椅子上铺满了天鹅绒，窗户上挂上了绸丝窗帘。

缝衣针刚缝完最后一针，透过窗子，王子帽子上那根白色的羽毛就已经出现在姑娘眼前了，在金线的带领下他正朝这儿来了。

王子下了马，踏着地毯步入房间，当他走进屋子时，姑娘正站在那儿，身上穿着破破烂烂的衣服，不过她看上去就和矮树丛中的一朵玫瑰花一样鲜艳美丽。

"你就是最贫穷同时也是最富裕的姑娘！"王子对她说，"跟我走吧！

你应该成为我的妻子。"

姑娘默默无言，向他伸出手。他吻了她一下，带着她走出房门，扶她上马，带她来到了王宫里。在王宫里，他们举行了非常热闹的婚礼。

从这以后，他们把纺锤、梭子还有缝衣针都珍藏在王宫里，留下来让人们观赏。

天上的连枷

有一次，一个农夫拉着一对公牛去犁地。到了地里，两头牛开始长角，不停地长，回到家时，牛角大得进不了家门。

幸而刚好来了一个屠户，农夫便把牛卖给他，他们是这样做这笔生意的：农夫给屠户一升萝卜籽，一共有多少粒萝卜籽，屠户就给农夫多少块银元。我说这买卖挺不错嘛！农夫回到家背了一升萝卜籽来，半路上掉了一粒。屠户照事先讲好的价钱如数给他银元，要是农夫没丢了那粒籽，他就能多得一块银元了。从原路往回走的时候，那粒籽已长成一棵树，高高接上云天。农夫心里想：既然有机会，何不上去看看天使的模样，看看他们在天上都干些什么。于是他上了天。天使们在天上打燕麦，他在一旁观看。正看着，忽然觉得脚下的树在摇晃，低头一看，原来有个人正在砍这棵树。他想：要是摔下去，那可就糟了！危急之中，他不知如何是好，慌忙从成堆的燕麦秆中抓出一些搓成绳索，又抓住天上的一把锄头还有一把连枷，坠绳子下来。到了地上，正好落在一个很深很深的洞中。真是万幸，他身边带了锄头，就用它掘出一个阶梯走上来。他有连枷作为凭证，谁也不能怀疑他讲的故事。

老林克兰克

很久很久以前，有一个年轻人为了娶国王的女儿为妻，决定去爬国王为招驸马而修建的一座玻璃山。

公主看见了这个小伙子，非常喜欢他，她决定和年轻人一起去爬这座玻璃山。两人一同来到玻璃山下，可这座玻璃山实在太滑了，他们只得十分小心地向上爬，速度非常慢。当他们爬到半山腰时，小伙子一不小心摔了一跤，等他艰难地爬起来时，前面已不见了公主的身影。

小伙子认为公主已经爬到了山顶，于是不顾自己摔伤的身体，奋力向山顶爬去。可是等年轻人费了九牛二虎之力爬上山顶时，仍然不见公主的身影，他赶紧下山向国王报告了实情。国王命人挖开了玻璃山，可还是没有看见公主的影子。

原来就在年轻人摔倒的那一瞬间，玻璃山裂开了一条缝，将公主吞进去后立刻又合拢了，所以没人知道公主的下落。

在这座玻璃山下，有一个非常深的洞，公主是被一个叫林克兰克的人抓走了。这个林克兰克非常老了，大家都叫他老林克兰克。老林克兰克为公主取了一个名字叫"曼斯罗特太太"，他要公主每天为他洗衣做饭，整理屋子，否则就要杀掉她。公主只好每天都为老林克兰克做这些事。

每天清晨，老林克兰克吃过早餐后都要用一把长长的梯子爬出山洞，在外边一直待到天黑才会回来，而他每次回来都会带回很多金银珠宝。

就这样过了很多年。老林克兰克的胡子已从花白渐渐变成了雪白。有一天，老头又出去了，公主在家把什么事都做完了，坐在那里想心事，想亲爱的父王和母后，还有心爱的小伙子。公主关掉了所有的门窗，只留下了一个太阳照着的窗口没关。老林克兰克回来了，叫曼斯罗特太太开门。

公主不想给老林克兰克开门。于是老林克兰克在门外唱道："可怜的林克兰克被关在门外，靠我的瘦腿支撑着，我有一双镀金的鞋，曼斯罗特太太，我的晚餐做好了吗？""我已经替你做好了晚餐。"公主说。

老林克兰克又说："可怜的林克兰克被关在门外，靠我的瘦腿支撑着，我有一双镀金的鞋，曼斯罗特太太，我的床铺好了吗？""我已经替你铺好了床。"公主说。

老林克兰克又说："可怜的林克兰克被关在门外，只靠我的瘦腿支撑着，我有一双镀金的鞋，曼斯罗特太太，你快给我开门。"公主还是不开门。

老林克兰克见后面有一扇小窗户没有关，便想从窗户爬进去。到了窗外，老林克兰克把自己又长又白的胡子先放进了窗户内，正准备把头伸进去时，躲在一旁的公主立即关上了窗户，老林克兰克的胡子被夹在了窗户内，痛得他大叫起来，直向公主求饶。

公主说："老林克兰克，你把梯子架上让我回家，我就放过你。"

老林克兰克非常不愿意，但还是把架梯子的方法告诉了公主。

公主按照老林克兰克的方法架好了梯子，一直等到自己爬出了山洞才将手中的绳子一拉，打开窗户放了老林克兰克。

公主出了山洞，发现年轻人还在当年的玻璃山下等她，她十分感动，更加喜欢他了。

　　年轻人和公主一起回到王宫，公主向国王诉说了事情的经过。她对国王说："父王，我知道老林克兰克有很多的金银珠宝。我们应该想办法得到它。"

　　国王派侍卫和年轻人一起跟随公主去老林克兰克的山洞，杀掉了老林克兰克，挖出了他的金银珠宝。

　　然后，年轻人和心爱的公主成了亲，过上了幸福的生活。

忠实的费迪南和不忠实的费迪南

很久很久以前，有对穷夫妇，他们生了个小男孩。由于他太穷了，没有人愿意当孩子的教父。有一个叫花子遇到了穷人，听穷人说了自己的烦恼后，叫花子说愿意给那孩子做教父。叫花子给孩子取了个名字，叫忠实的费迪南。

叫花子给了费迪南母亲一把钥匙，要她在费迪南十四岁时给费迪南。到时，让费迪南到荒原上去，那儿有座宫殿，用这把钥匙打开宫殿的门，里面的东西就都归费迪南所有了。

转眼间，费迪南十四岁了，他来到了荒原上。那里果真有一座宫殿，他打开了门，发现里面只有一匹白马。费迪南得到了白马，满心欢喜。回到家后，费迪南对父亲说："现在我有一匹白马，我要旅行去。"第二天，费迪南动身了。

途中，他看到地上有支笔，他想捡起来，但转念一想又放弃了。他正打算继续赶路，突然，背后有个声音对他喊道："忠实的费迪南，捡起那支笔吧！"他四处看了看，没有看到任何人，他听了那声音的话，捡起了那支笔。

又走了一会儿，费迪南来到了一个湖边，沙滩上躺着一条奄奄一息的鱼。善良的费迪南提起了鱼尾，把鱼放回水里。鱼儿从水里探出了头，对费迪南说："你救了我，我送你一支笛子吧！如果遇到什么危险，只要一吹笛子，我就会来帮你。"

费迪南又上路了，他碰见一个和他一样的年轻人，那人的名字叫不忠实的费迪南，这是个心术极其不正的家伙。他们成了朋友，一同往前赶路，途中住进了一家客栈。

他们住的客栈里有个容貌端庄、举止优雅的姑娘，忠实的费迪南长得非常英俊，他们互相爱慕，坠入了爱河。姑娘劝忠实的费迪南留下来，然后她去向国王举荐了他。国王非常高兴，召见了忠实的费迪南，让他做了自己的开路骑士。这事让不忠实的费迪南知道了，他就逼那个客栈的姑娘也向国王举荐他，国王收他做了自己的仆人。

国王爱慕一个住在岛上的公主，可他的王宫到公主住处的路上有很多障碍。每天国王早朝时，总会对大臣们唉声叹气。一次，当国王又一次哀叹时，不忠实的费迪南向国王建议，让忠实的费迪南去把国王的心上人接回来，如果忠实的费迪南敢违抗，就把他杀了。国王招来了忠实的费迪南，下达了他的命令。

忠实的费迪南走进了马厩，对着白马哭诉了自己的不幸。突然，那白马说话了："这事不难办，你去告诉国王，如果国王能给你一满船肉，一满船面包，你就能够成功。在路上，你会遇到巨人，如果你不给他们吃肉，他们就会撕碎你；你还会遇到一些大鸟，如果你不给它们吃面包，它们就会啄瞎你的眼睛。"国王同意了忠实的费迪南的请求，下令全国所有的屠夫和面包师都行动起来，船很快就装满了。

白马对忠实的费迪南说："你骑着我到船上去，我们出发吧。如果巨人来了，你就说'请安静，我的巨人，我早就给你带来了好东西'。如果大鸟来了，你就说'请安静，我的鸟儿，我早就给你带来了好东西'。它们得到了吃的东西，就会对你非常好。到了公主住的宫殿时，巨人还会来帮你。你就带着巨人进去，公主会在那里睡觉，你不能叫醒她，让巨人轻轻地连床一起把她抬上船。"

　　忠实的费迪南照着白马说的去做了，国王终于见到了梦寐以求的公主。可是公主对国王说，她心爱的衣服放在了岛上的宫殿里，看不到那件衣服，她就活不了。在不忠实的费迪南的再次怂恿下，国王又一次派忠实的费迪南去公主的宫殿里取回那东西。

　　忠实的费迪南又一次走进马厩，对白马哭诉。白马安慰他说，照上一次的办法去做，就能够顺利把公主的衣服拿回来。忠实的费迪南顺利地取回了公主的衣服。在回来的路上，忠实的费迪南一不小心把衣服掉进了水中，他突然想起那支笛子，就吹了起来。那只鱼儿果然游了过来，口里衔着衣服。忠实的费迪南把衣服送回了皇宫，国王和公主高兴地举行了婚礼。

　　可是，结婚后的王后并不爱国王，因为国王长得很丑，不但眼睛小得几乎看不到，而且还没有鼻子。王后喜欢的是忠实的费迪南，她想出了一个两全其美的办法。

　　一天，王后对大臣们说，她懂法术，能把一个人的脑袋砍下来再安上，可谁也不肯做第一个实验者。不忠实的费迪南一看害忠实的费迪南的机会来了。在他的怂恿下，忠实的费迪南奉命来做试验。王后砍下了忠实的费迪南的头，然后又给他接上，伤口立刻愈合好了。国王看后，非常惊奇，他也想试试。王后砍下了国王的头，假装安不上去了，国王就这样死了。国王被埋葬了不久，王后就嫁给了忠实的费迪南。

　　当上了国王的忠实的费迪南仍然喜欢骑他的白马。有一次，白马驮着他来到了那片荒原上，他们绕着荒原跑了三圈，白马突然用后腿直立站了起来，一下子就变成了一位英俊的王子。

跳舞跳破的鞋子

　　从前，有一个国王，他一共有十二位公主，她们都像仙女一样漂亮。

　　她们都住在一个大厅里，而且她们的床相互挨着。每天晚上，她们都会来到大厅睡觉，国王把房门关严，还加上锁。但有一天早晨，国王开门一看，发现她们的鞋都磨破了，好像她们跳了一整夜舞一样。谁也不知道到底发生了什么事。

　　为了解开这个谜团，国王发出公告：如果谁能够发现公主们深夜在哪里跳舞，那么他就能够挑选其中一位公主做他的妻子，而且在国王去世后，还能够继承王位。可是，如果报名的人在三天内找不到答案的话，就要被国王处死。

　　不久，就有很多自认为聪明勇敢的人来报名，但因为没有人能够解开这个谜，所以他们全被国王处死了。

　　后来，又有很多的人报名，他们宁愿以生命为代价去冒险，最终都丢了性命。

　　有一天，一个穷士兵来到这个国家，因为他受了伤，不能再打仗，于是他便开始到处游历。

　　一天，他正走着，无意间碰到一个老太太，老太太问他要去哪里。他说："我也不知道该去哪儿。"然后开玩笑地说："或许，我该去试一下，看能否解开公主们深夜跳舞的谜团。如果成功了，我不但能够娶到美丽的公主，还能当上国王呢！"老太太说："这其实非常简单，只要你不喝公主带来的酒，然后装作睡得非常熟的样子就够了。"她说着，取出一件斗篷，"你披上这件斗篷，你就能变成隐形人，谁也看不到你。这样，你就能够偷偷跟着那十二位公主了。"士兵谢过了老太太，决定去解开这个谜团。

他直接去找国王，像其他的人一样，他也被允许成为一个求婚者，而且受到了盛情的款待。晚上睡觉的时候，他就被带到了紧邻着公主们卧室的房间。

在他刚要睡觉时，大公主走到他的面前，送给他一杯酒。因为有了老太太的警示，他早已在自己的下巴底下绑好了一块海绵，让酒全都浸到海绵里面，自己一点也没有喝。

然后，他躺了下来，过了一会儿就开始打起呼噜来，装作他已睡着的样子。

十二位公主听到他的呼噜声，就开始大笑。大公主说："他就这样丢掉性命真是可惜。"

然后，她们都起了床，打开衣橱门和大大小小的箱子，拿出漂亮的衣服，然后走到镜子前，把自己精心梳妆打扮一番。她们兴奋极了，迫不及待地去参加舞会。

只有小公主开口说："我不知道为什么你们这样兴奋，我却感到非常不踏实，我想一定会有不好的事情发生。"

"你这个小傻瓜，"大公主说，"你总是担心害怕的。有多少人在这上面白白丢掉性命，难道你不记得了？我不是已经给那士兵服用了安眠药了吗？这种粗人不用安眠药，也绝不会醒过来的！"

尽管公主们这样说，但她们还是在打扮完毕之后去看了那个士兵，看他双眼紧紧闭着，那样子就像睡得非常熟。她们这才安心地离开了士兵的房间，回到她们自己的卧室。大公主走到自己的床前，拍了拍床边，床就沉了下去。然后公主们全都走了下去。士兵把一切全看在眼里，他迅速把老太太给他的斗篷披上，跟上了小公主。因为士兵有些慌张，在下台阶时，一不小心踩到了小公主的裙边。原本就格外小心的小公主顿时吓得大叫了起来："啊，有人抓我的裙子！""你别这么紧张，"大公主安慰她说，"一定是你的裙子钩在哪颗钉子上了。"

下完台阶，士兵和公主们就来到了一条幽静的地下林荫道上。两旁的树上长满了银子做的树叶，闪闪发光，非常漂亮。士兵想：我应该带根树枝回去做证据。于是他折下一根树枝，但折的时候不免发出了一点声音。小公主又惊呼了起来："你们听到什么声音没有？发生了什么事？是你们谁弄出来的吗？"大公主说："哎呀，那是鸣枪庆贺的声音！因为我们立刻就要救出我们的王子了！"

过了不一会儿，他们又走到另一条林荫道上，那里的树叶都是用金子做的。最后，她们走进了第三条林荫道，树上的叶子是用纯净的钻石做的。

走过这两条林荫道时，士兵先后折下了两根树枝，每次都发出了"哗啦"的声音，吓得小公主不停地颤抖。可是，大公主却非常稳重，认为这两声都是鸣炮庆祝的声音。

她们不停地向前走，最后来到了一条大河边，河上停着十二条小船，每条船上都端坐着一位漂亮神气的王子，他们正在等候十二位公主，每位王子拉着一位公主到自己的船上，士兵也紧跟着小公主，登上了小船。

"我不知道，"王子说道，"为什么今天我的小船重了很多，我每往前面划一下，都要用我的全部力气。"

"这到底是怎么回事，"小公主说，"可能是天气变暖和了，我也觉得全身热乎乎的。"

正说着，他们就来到了河对岸。那里有一座富丽堂皇，里面回响着欢乐的舞曲的宫殿。

进入宫殿之后，每位王子就开始与他所载的公主跳起舞来。士兵也在一旁跳起来，可是谁也看不到他。每当小公主拿起酒杯要喝酒时，士兵总是凑过去抱着她把酒喝了。这让小公主非常害怕，但大公主却总叫她不要吵。

她们就一直不停地跳到两三点，跳到每个人的鞋子都破了才停止。然后王子们又把自己带来的十二位公主送到了河对岸。这一回，士兵坐在前面靠在大公主的身边。

到了对岸，公主们就与王子们告别，并且说好明天再见。

在她们上楼时，士兵就抢先跑到前面，在床上躺好了，等她们十二个拖着筋疲力尽的腿，慢慢走上楼梯时，他早已经打起呼噜，让她们听得清清楚楚。

"我们不要怕他。"她们继续说。

公主们脱下漂亮的衣服，藏在箱柜里，又脱下跳破了的鞋子往床底下一放，然后躺在床上睡了。

第二天早晨，士兵一个字也没说，他还想进一步把这件奇怪的事情研究清楚，所以在第二夜还有第三夜，他依旧跟着她们去跳舞。和第一夜一样，她们每次跳舞，会直到把鞋子跳坏才停止。

在第三天晚上，他为了拿到证据，又把一只酒杯带了回来。

三天过后，士兵怀中揣着三根树枝还有一只酒杯，去见国王，十二位公主都站在门后偷听，想知道他到底说些什么。

国王开始问道："我的女儿们，她们晚上到哪里跳舞去了？"

士兵回答说："是在地下宫殿和十二位王子一起跳舞。"然后，他拿出那三根树枝与一只酒杯并且将公主们去跳舞的经过全部告诉了国王。国王把公主们叫来，问她们士兵说的是否属实。她们明白已不能说谎，只好坦白了一切。

随后，国王问士兵："你想选哪个公主做你的妻子？"士兵说："我已经不再年轻了，请国王让您的大公主嫁给我吧！"于是国王宣布当日举行婚礼，同时也按他最初承诺的那样，答应他死后，由这个士兵来继承王位。

可是地下城堡里的那些王子们，他们获救的日子只好延迟了，延迟的天数恰好和他们与公主们共舞的天数相同。

我的刺猬

　　很久以前，有一个农夫，他有的是钱和田产，但尽管他很富有，可还是不幸福：他们夫妇没有孩子。他和别的农民一起进城时，他们常常嘲笑他，问他为什么没有孩子。他终于被激怒了，回到家时他气愤地说："我要个孩子，哪怕是个刺猬也好。"他的妻子果然生了个孩子，这孩子上身是刺猬，下身是人，她一见这孩子，惊骇异常，说："你看，你诅咒了我们的孩子。"农夫说："有什么办法呢？孩子得受洗礼，可是我们没法请人当他的教父。"妻子说："我们只能叫他汉斯我的刺猬了。"洗礼完毕，牧师说："他身上有刺，不能睡人睡的床。"于是，农夫在炉灶后面铺些干草，把汉斯我的刺猬放在上面。他也不能吃母乳，因为他的刺会刺伤母亲。就这样，他在炉灶后面躺了八年，父亲对他感到厌烦，恨不得他死了才好。但他没死，一直躺着。有一次，城里有集市，农夫要进城赶集，问妻子要他带回什么东西。"带点肉和面包，都是日常用的东西。"她说。接着他问女仆，女仆要一双拖鞋和后跟加厚的长袜。最后他跟儿子说："汉斯我的刺猬，你要什么东西啊？"

　　"父亲，"他说，"给我带一个风笛吧。"农夫回到家里，把为妻子买的肉和面包给妻子，接着给了女仆拖鞋和后跟加厚的长袜，最后走到炉灶后面，给了汉斯我的刺猬一支风笛。汉斯我的刺猬接过风笛，说："父亲，你去铁匠铺子里让他给我的公鸡钉了脚掌，我要骑着它出去，永远不再回来。"父亲为能够摆脱他而高兴，就给他的公鸡钉脚掌。钉好脚掌，汉斯我的刺猬跨到公鸡背上，骑着它走了，他还带着猪和驴子到森林里放养。在森林里，公鸡带着他一起飞到一棵高高的树上，他坐在那儿看着猪和驴子。他在那里待了几年，一直到畜群长大，他的父亲完全不知道他的情况。他坐在树上的时候，就吹风笛，奏出美妙动听的音乐。有一天，一个国王在森林里迷了路，从那里路过时，听到音乐，感到惊奇，但派仆人去附近看看音乐从什么地方传来。仆人查看了周围，只见一棵高高的树上有一只小动物，像是一只公鸡，它身上有一只刺猬，音乐就是他奏出来的。国王叫仆人去问他为什么待在这儿，是不是知道他回王宫应该走哪条路。汉斯我的刺猬从树上下来说，如果国王立下字据，答应把回到家后在宫中庭院里最先遇到的东西给他，他就愿意给他指路。国王心里想："这事好办，汉斯我的刺猬不识字，我想怎么写，就怎么写。"国王拿起笔，写了几个字，写完了，汉斯我的刺猬便给他指路，他顺利地回到家里。他的女儿远远地看见他回来了，非常高兴，跑去迎接他，亲吻他。这个时候国王想起汉斯我的刺猬，便对她讲在路上的情况，说一只奇特的动物像骑马一样骑在一只公鸡背上，奏出优美的音乐，要他立下字据，把他到家时最先遇到的东西给他，但他写的是：他要的，不能给。因为汉斯我的刺猬不识字。公主听了很高兴，说这样很好，她是绝对不会去的。

汉斯我的刺猬放养他的猪群还有驴子，他总是高高兴兴地坐在树上吹奏风笛。有一次，另一个国王带着侍从和士兵乘车在森林里迷了路，因为森林很大，他们不知道怎么回去。这时他也听到远处传来美妙的音乐，他叫随从去看看是怎么回事。那随从走到树下，看见树上的公鸡和骑在公鸡身上的汉斯我的刺猬。随从问他在树上干什么。"我在放我的猪和驴，你有什么事吗？"随从说他们迷路了，回不了王宫，问他能不能给他们指路。汉斯我的刺猬听了，带着公鸡从树上下来，对老国王说，如果国王答应把回到家后在宫中庭院里最先遇到的东西给他，他就愿意给他指路。国王答应了，并立下字据，交给汉斯我的刺猬。办完这事，汉斯我的刺猬骑上公鸡，走在前面给国王指路。国王顺利地回到他的王国。他回到王宫，宫中一片欢腾。老国王有一个独生女儿，长得非常漂亮，老父亲回到家了，她高兴极了，跑上前去迎接他，搂着他的脖子亲吻他，问他为什么在外边这么久才回来。他告诉她他迷路了，差点儿回不了家。他乘车穿过一座大森林的时候，一棵高高的树上，有个一半像刺猬一半像人的动物骑在一只公鸡身上，奏出美妙的音乐，就是这个人帮助了他，给他指路，为此他许诺把回到家后最先遇到的东西给他，他最先遇见的是她，这使他心里非常难过。可是公主说，为了她的老父亲，如果那人来了，她愿意跟他走。

汉斯我的刺猬仍在放猪，猪生小猪，小猪长大又生猪，猪多得整个森林到处都是。汉斯我的刺猬就不想再在森林里住下去了，他让人捎口信给他父亲，要村里家家户户都清理猪圈，因为他要带一大群猪回去，谁想宰多少只猪都行。他的父亲听了，心里发愁了，原来他认为汉斯我的刺猬早就死了。汉斯我的刺猬骑着他的公鸡赶着猪群进村，让村里人宰猪。嘿！那大屠宰还有剁肉的声音，十几公里外都能听到。随后，汉斯我的刺猬对他父亲说："父亲，让铁匠再给我的公鸡钉一回掌，我就骑着它走，一辈子不再回来。"于是，父亲带着公鸡去钉脚掌，心里很高兴汉斯我的刺猬不再回来了。

汉斯我的刺猬骑鸡去了第一个王国，国王下令：如果看到有人骑一只公鸡，带着风笛，大家都要朝他射击、砍他、刺他，叫他无法进入王宫。汉斯我的刺猬骑鸡前来时，他们端起刺刀向他冲去，但他用马刺刺了一下公鸡，公鸡飞起来，从大门上方飞过去，飞到国王窗前停下。他向国王喊话，要他把答应给他的东西给他，否则他就要杀死国王和他的女儿。这时，国王向他的女儿说好话，叫她出去见他，这样才能救他们俩的命。于是，她穿上一身白衣，她的父亲给她一辆六驾马车、漂亮的侍从和金银财宝。她坐上马车，汉斯我的刺猬坐在她身边，然后他们告别而去。国王以为他再见不到女儿了。其实不然，他们出了城，走了一段路，汉斯我的刺猬就脱掉华丽的衣裳，用他身上的刺刺得公主浑身是血，他说："这是你虚伪的报酬，滚，我不要你！"他把她赶回去，叫她终生受辱。

汉斯我的刺猬骑着公鸡继续走，带着风笛去了第二个王国。他给这个国王也指过路。国王事先交代下来，如果有一个像汉斯我的刺猬这样的人来了，众人都要举枪致敬，让他进城，高呼万岁，带他进宫。公主见到他时，大吃一惊，因为他的样子确实太奇特了，但她已答应了父亲，不能变卦。汉斯我的刺猬受到公主的欢迎并和她结婚。他去赴国王的盛宴，公主坐在他身边，他们一起吃、一起喝。夜幕降临，他们要睡觉了，公主害怕他身上的刺，他告诉她不用害怕，他不会伤害她的。他要老国王派四个人守卫在他们卧室的门口，生一堆大火，他走进卧室躺在床上的时候，会从那身刺猬皮里脱离出来，刺猬皮一扔在床前，那四个人要赶快冲进去，把刺猬皮扔进火里，并且守着它，直至它烧成灰烬。钟敲十一下点时，他走进卧室，脱下刺猬皮，它掉在床前，卫兵迅速把它拿走，扔进火里。它在烈火中化为灰烬的时候，汉斯我的刺猬获救了，躺在床上，完全恢复了人形，但皮肤仍然像煤炭一样乌黑。国王派人请来御医，用上好的香膏给他洗浴、擦抹，他成了一个肌肤白皙的美少年。公主见了，无比欣喜。第二天早晨，他们高高兴兴地起了床，宴饮一番，热热闹闹地庆祝婚礼，汉斯我的刺猬继承了老国王的王位。若干年过去了，他和他的妻子乘车去看望他的父亲，告诉他，他是他的儿子。父亲说，他没有儿子，很久很久以前他只有一个像刺猬的孩子，他已到远方去了。他设法使父亲认出他，老父亲十分高兴，跟他们一起去了他的王国。

年轻的英国人

在德国南部坐落着一座小城，名字叫格林威塞尔，这是一座非常普通的小城，城的中间有一个小广场和一口古井，旁边是个古老的小市政厅，广场四周住的都是有名望的法官和体面的商人，其他的普通居民都住在几条狭窄的街道上。这里的人们都互相认识，无论发生什么事，整个小城很快都会知道。

可是突然有一天，一个陌生人搬到了这座井然有序的小城里，虽然市长已经看过他的护照，护照上写得非常清楚，从柏林到格林威塞尔，但这毕竟只是个文书，所以市长总感觉有什么地方不对劲。因为市长是小城里最德高望重的人，所以这个陌生人从此就被人们当作一个形迹可疑的怪人了。

陌生人租了一幢空房子，还花了几枚金币，搬来了整整一车的家具，从此便一个人开始生活。他每天都自己做饭，城里除了有一个老人替他买过面包、肉和蔬菜外，再也没有任何人到过他的家里。这个老人也只是非常小心地走到房子的走廊边，将他买来的东西递给陌生人就离开了。

可是陌生人的这种生活方式丝毫改变不了乡亲们对他的看法。每天下午，和别人不同，陌生人从不玩九柱戏，晚上也从来都不去酒馆，更不会像别人那样抽着烟斗，谈论最近发生的大大小小的事。尽管市长、法官、医生和牧师长都曾经轮流请他去吃饭、喝咖啡，他都婉言拒绝了。有人认为他是个十足的疯子，可是也有人觉得他只是个犹太人，还有一些人坚持说他是个神秘的魔法师。尽管许多年过去了，大家还是一直把他称为"陌生人"。

突然有一天，外地的一个马戏团来到这座宁静的小城里，他们带来了一匹会鞠躬的骆驼，一只会跳舞的狗熊，几条可爱的小狗，还有几只穿着人的衣服、样子滑稽、但是会耍很多把戏的猴子。他们走街串巷，伴着嘈杂的音乐，动物们都尽情地跳舞，然后他们就挨家挨户地讨钱。

这次来格林威塞尔表演的马戏团和以往来过的有些不同，因为这次的马戏团里有一只非常有趣的大猩猩，这只大猩猩的个头儿和人差不多高，还会用两条腿走路，更令人惊奇的是它还会玩很多种类的把戏。这天，马戏团终于来到了陌生人的屋前。当鼓声和笛声响起来的时候，陌生人在发黑的旧窗子前露了面。起初他显得很生气，可是很快就变得和蔼了，不过让人意想不到的是他竟然还从窗口探出头来观赏，原来是猩猩的表演逗得他捧腹大笑。最后，他高兴地把一大堆银子给了马戏团的人，这件事让整个小城的人都感到非常惊讶。

可是过了没多久，马戏团就要离开这座小城了。当他们出城还没多久的时候，陌生人赶到邮局，并租下了一辆特快邮车，这让邮局局长感到非常的诧异。陌生人坐着邮车沿着马戏团走的方向追了上去，很快全城的人就知道了这个令人好奇的消息，他们纷纷猜测陌生人究竟会到哪里去。

一直等到了深夜，陌生人才坐着邮车慢慢地回到了城门口。可是除了陌生人之外，车里还坐了一个人，那人用大大的帽子遮住了自己的前额，他的嘴和耳朵都用手帕包住了。守门人发现后就毫不犹豫地拦住了车子，因为他有责任盘问另外一个陌生人，并要求他出示护照。不知为什么，那人却表现得异常粗暴，哇啦哇啦地直吼，根本没有一个人能听懂他说的是什么话。

"哦，他是我的侄子。"陌生人和声和气地对守门人说，同时塞给了守门人几枚银币。"不好意思，他还不太会讲德语。刚才他说的只是几句方言，是因为我们在这里被拦住了他才说的。"

"哦，原来他是你的侄子啊，"守门人面无表情地对陌生人说，"如果是这样的话，那么不要护照也可以进去。看来，你是想把他接来和你一起生活吧？"

"那当然了，"陌生人赶紧说，"而且还有可能会在这里住很长一段时间呢。"

就这样，守门人没有再和陌生人纠缠下去，得到允许之后，陌生人和他的侄子便乘车进了城。然而，全城的人都对那个守门人的做法不满意，他们一致认为守门人至少应该听出陌生人的侄子是哪国人。可是守门人再三强调说那人说的不是德语，而且也不是意大利语，可是他的发音洪亮，说不定说的是英语。如果他没有听错的话，那个年轻人好像说了一句英文的"该死"。于是，全城的人就给这个年轻人起了一个名字——叫作"年轻的英国人"。

然而，年轻的英国人自从来了之后就再也没有露过面，就像"陌生人"的生活习惯一样，他既不去九柱戏的场地玩，也不去酒馆喝酒，但他却还是不断地给周围的人带来了很多的麻烦。因为本来陌生人的家里是十分安静的，但现在经常从他家传出恐怖的吼叫声，而且人们经常会看到年轻的英国人身穿燕尾服和绿色的裤子，并且披头散发，神情还很恐怖，从这个窗口一下子蹿到另一个窗口，从这个房间一下子蹿到另一个房间，速度快得叫人惊奇。他的叔叔则总是穿着红色的睡袍，手里握着一根鞭子，在后面紧紧地追赶，可是怎么也追不上。有几次，人们好像听到了恐怖的吼叫声和鞭子的抽打声从陌生人的房子里传出来。城里的女人们听说了年轻人的遭遇以后，都非常同情他，她们说动市长去调查这件事。于是市长就给陌生人写了一封信，在信中市长严厉地谴责他经常虐待侄子的粗暴行为，并且还警告陌生人，如果他再这样对待他的侄子的话，他将准备给年轻人提供特别保护。

可是，这么多年来，当陌生人第一次亲自登门拜访市长的时候，可把市长震惊坏了！因为这老头儿一而再再而三为自己开脱，他说，是年轻人的父母拜托他管教孩子的。而且他还说，虽然这孩子非常聪明伶俐，但学习语言的能力却非常糟糕。他急于教侄子学会一口流利的德语，好让他尽快能融入格林威塞尔的社交场合，可是，侄子却总是让他非常失望，无论怎样教他，他就是学不会，他没有办法了，只好狠狠地鞭打他。市长对陌生人的解释非常满意，只是劝了劝老头儿不要对侄子太严厉了。于是这天晚上，市长就在酒馆里对人说，现在很少有人会像陌生人那样有教养有礼貌了。"但可惜的是，"他补充说，"他很少和周围的人来往。不过，我想，只要他的侄子学会说一点德语，他就会经常和我们打交道了。"

自从这件事之后，城里的人都改变了对这对叔侄的偏见。他们觉得陌生人是一个有教养的人，所以当他们偶尔听到房子里传来了可怕的叫喊声时，也不再觉得有什么不对劲了。"他又在给侄子上德语课呢！"格林威塞尔的人这样说，而且从此他们再也不停下来看了。

大约过去了三个月，人们渐渐发现叔侄俩的德语课好像已经结束了，因为陌生人已经改变了课程。陌生人请来了一位身体虚弱的法国老人，让自己的侄子跟着这位法国老人学跳舞。他对那位法国老师说："我的侄子虽然是个勤奋努力的孩子，但他跳起舞来总是有些奇怪。即使他以前学过一阵子跳舞，但只学了一些奇怪的舞步，因为在我看来，他的舞步根本就不像华尔兹或者是国内流行的快步舞，更不像爱克塞舞和法兰西舞，这样就很难同别人的舞步合拍。"最后，陌生人答应每小时付他一块银币的酬金。于是，法国老师十分高兴地接受了陌生人的请求。

　　法国老师在和人们私下议论的时候，对大家说世界上没有什么比教陌生人的侄子跳舞更难的了。陌生人的侄子虽然身材高大，但是两条腿过短，而且他经常穿着红燕尾服和绿裤子，戴一双光亮的羊皮手套，脸从来都刮得干干净净。他的话不多，而且话里还带着浓重的外国口音。起初他还很懂礼貌，也很有教养，但后来突然就滑稽地跳起最奇怪的花样舞步，而且跳得让法国老师不知道应该如何是好。如果法国教师想要改掉他的舞步，他就会马上脱下舞鞋，往老师的头上砸去，然后还用双手双脚在屋里到处爬来爬去。一到这时候，听到了喧闹声的陌生人就会马上从房间里跑出来。他总是穿着宽大的红睡袍，头上还戴着便帽，手上挥着细细的马鞭，狠狠地朝侄子的背上抽打。被打的侄子发出的吼叫声非常吓人，而且他还会跳到桌上和柜子上，甚至是爬上窗子，嘴里还会不停地说着让人无法理解的带口音的外国话。这时，陌生人为了不再让他撒野，使劲地抓住他的腿，把他整个儿拖下来，狠狠地打他一顿，最后再把他的领带拉紧，再用环扣住。这样年轻人就又重新变得懂规矩而且有礼貌了，只有在这种情况下才可以接着给他上舞蹈课。

　　渐渐的，法国老师已经将他年轻的学生训练得差不多了，在课堂上，陌生人的侄子已经可以用音乐伴舞了，一到这时候，陌生人的侄子就像完全变了一个人。然后他们还从城里请来了一位乐师，让他坐在大厅的桌子上为侄子演奏。陌生人还让法国老师穿上漂亮的裙子，披上可爱的头巾，假装打扮成女士的模样。侄子看到后便会上前跟他一起跳舞，然后，他们在大厅中央旋转起来。侄子便用两只长长的胳膊搂住老师的腰，狂热并且不知疲倦地跳着。

　　其实有好几次，法国老师都想停下来休息，但法国老师却从来都停不住年轻人的步伐，他不得不继续配合年轻人跳下去。就这样几个小时过去了，法国老师已经疲惫不堪地倒在了地上。他发誓再也不想进这幢房子了。可是，每当他受到好酒好饭的款待，从陌生人那里得到银币时，就改变了自己当初的决定，仍然坚持按时来给那个奇怪的年轻人上课。

格林威塞尔人看待这件事的态度却跟法国老师完全不同，在他们眼里，他们觉得这个年轻人一定是个交际的天才。因此城里的妇女们个个都很兴奋，因为等到了下一个冬天，她们将会多一位活泼的舞伴和她们一起跳舞。

有一天早上，女佣们从市场上回来以后，把一件不寻常的事情报告给了她们的主人。她们说她们看见在陌生人住的房子前面停着一辆非常华丽的马车，还有一个仆人打开车门恭敬地站在马车旁。就在这时候，有人打开了房门，只看见两位衣冠楚楚的绅士从房间里走了出来，其中一个是年老的陌生人，而另一个好像就是那位学德语学得很吃力、而跳舞却跳得很轻盈的年轻人。当他们叔侄两人上了马车后，仆人就敏捷地跳上车板，驾着马车一直朝市长家的方向驶去了。

听了女佣们的报告之后，女人们一个个都急急忙忙地解下不太干净的围裙，脱下不太干净的女帽，迅速换上了整洁的服装。"事情已经很明显了，"她们对家里人说，"陌生人现在终于带着他的侄子开始和人交往了。虽然十年来那个陌生人都不曾到过我们家，但看在他侄子是交际天才的份上，我就不再跟他斤斤计较了，而且据说他的侄子很有魅力呢。"她们说完这些话，还特别提醒她们的儿子和女儿，等陌生人来访的时候一定要注意礼貌，小心行事。那些聪明并且能干的女人的确没有猜错，这次陌生人果然是带着他的侄子挨家挨户地拜访，很快就博得了大家的普遍好感。

现如今对于这两个外来人，大家都纷纷表示赞许，而且还因为未能更早地结交他们而感到遗憾呢。年老的陌生人是个有威严而又睿智的人，虽然他在说话的时候总是隐隐露出一丝奇怪的微笑，但是没有一个人知道他是在说真心话，还是开玩笑。但是每当他谈到天气、环境以及夏天山上酒馆里的快乐时，总感觉那么的微妙和确切，他的谈吐和描述常常把人们都迷住。还有他那个侄子！同时他也迷住了所有的人，而且也同样赢得了大家的好感。虽然他的外表长得不太让人喜欢，他有一个突出的下巴，还有又黑又粗糙的皮肤，有时候还常常扮出各种鬼脸，一会眯眯眼睛，一会龇牙咧嘴。然而人们依然觉得他的面部表情总是那么丰富有趣。而且他的身体也很灵活。他总是穿着怪模怪样的衣服，还用非常快的速度在屋子里跑来跑去，他一会儿坐在沙发上，一会儿摊开四肢躺在靠椅上。要是换了别的年轻人做出这样的行为，人们准会说他太没有教养了，而对于这位年轻人来说，不管他怎么做，都让城里人觉得是那么合体。"他是英国人，"人们总说，"英国人都是这样生活的。"年轻人对他的叔叔，也就是那个老先生，一向都是十分顺从的。每当他在房间里乱蹦乱跳奔来奔去的时候，或者是摊开四肢懒洋洋地躺在靠椅上的时候，只要他的叔叔狠狠地瞪他一眼，他马上就会变得规矩起来。

就这样，陌生人的侄子进入了社交界。格林威塞尔人自从叔侄两人出门和人交往以后，一连几天都在不厌其烦地谈论着这件事。但是，年老的陌生人还没有就此停止他们的活动。他似乎改变了城里人的思维方式和生活习惯。下午，他就带上侄子到山上的酒店去，那里是专门供格林威塞尔的有钱人喝啤酒玩九柱戏的地方。侄子到了那里以后立刻就显示出自己玩九柱戏的天赋，他每次至少都会打倒五六根柱子，甚至有的时候他头脑一亮，就会箭一般地跟着木球猛烈地冲进柱子中间，发狂似的闹起来。如果他能击中花冠或国王，他就会突然把梳得漂漂亮亮的头直直地顶在地上，双腿倒立起来。如果这时候有一辆马车刚好驶过，他就会情不自禁地跳上马车的车顶，做出各种各样滑稽的鬼脸。走了一段后，再跳下来，走回来。

每当看到侄子的粗野行径，老先生总是请市长和其他人不要在意，但是他们看到以后却总是笑着对老先生说，也只有年轻人才会这样淘气啊，还说他们年轻的时候也是跟他差不多好动的。他们都把他叫作快活的小伙子，并且喜欢他。可是有时候，他们也生他的气，但大都不敢说出来，因为大家都把他的行为习惯当作榜样，觉得他就是才学出众的英国人。

晚上，老先生还习惯带上他的侄子到酒家去。这个侄子虽然长得年轻，却总爱学着老年人举手投足的样子，把酒杯放在自己面前，还戴上一副大眼镜，再点上烟斗，吐出的烟雾比谁吐出来的都多。等到大家聚在一起开始讨论时事的时候，医生和市长经常发表自己的见解，大家都十分佩服他们深刻的政治见解，而陌生人的侄子却总有比医生和市长更加独到的见解。每当这时候，他就经常会用戴着手套的手敲打桌子，意思是提醒市长和医生，他们所了解的消息完全是错误的。因为他被认为是英国人，所以大家大都同意他的看法。

然而市长和医生都对年轻人这样的行为感到十分生气，可是他们也丝毫没有办法，就只好坐下来假装下棋消遣。可是这时候，陌生人的侄子又凑过来，不是批评市长这一步走得不对，就是指点医生应该怎样下棋，市长和医生都被他弄得非常生气。于是市长非常气愤地邀请他下一盘棋，想用下棋的方法好好惩治他一下，就在这时候，老先生就急忙让侄子把领带扣紧些，要求侄子与市长认认真真地下一盘棋，结果市长输得哑口无言。

没过多久，有关陌生人的侄子的事情便传遍了整个小城，他是所有城里人从未见过的怪人。而且除了跳舞以外，人们几乎说不出那个侄子还会干点什么。有一次，大家在市长家里聚会，人们就要求陌生人的侄子写几个字，可是他却连自己的名字都写不下来。因此，他的一言一行总让城里人觉得他是在自以为是，因为他总觉得自己才是对的，每次说完话总爱在后面加上一句："我比你知道得更清楚！"

冬天终于来了，陌生人的侄子在小城里的名气也越来越大了。因为每次聚会，如果没有他在场，人们就会觉得没有意思。假如听一位知识渊博的人讲话，大家就会不停地打哈欠。如果侄子用蹩脚的德语给大家说一些愚蠢滑稽的话，大家就听得非常起劲儿。

这次在格林威塞尔的舞会上，他又出尽风头。因为没有人能比他跳得更久，比他跳得更起劲，因为他总跳得奔放而优美。他的叔叔总是努力地把他打扮得既时髦又华丽。虽说他的衣服看上去总有点儿不合身，可是人们还是觉得他穿得非常得体非常好看。正因为这样，自从他来了以后，男人们在跳舞的时候都受尽了羞辱。因为以前，市长总是第一个带头跳舞，然后其他的年轻绅士才有权利进入舞池。可自从这个陌生的年轻人出现以后，一切都被他改变了。因为他从来不考虑别人的想法，就随便地抓住旁边一位小姐的手，带她站到最前面，想怎么跳就怎么跳，简直就像是舞会的主人。也是因为这样，女人们都非常喜欢他。所以，男人们也不好意思反对，侄子也就一如既往，随心所欲地跳着。

这样的舞会好像给年老的陌生人带来了无尽的乐趣。他总是目不转睛地望着侄子，一个劲儿地冲他笑。当大家蜂拥过来，在他面前夸侄子多么有礼貌、多么有教养时，他就会无法自控地放声大笑。格林威塞尔人认为他之所以这样放肆的怪笑，是因为他非常宠爱侄子，不过，他也常常会对侄子摆出一副叔父的架势，因为这个年轻人每每在优美地跳舞时会突然莫名其妙地跳到乐师的演奏台上，还肆无忌惮地胡乱拉乐师手上的大提琴，不仅如此，有时候，他还会突然改变姿势，用双手倒立在地上跳舞，把两条腿举得高高的。每当这时候，他叔叔就会把他的领带使劲拉紧，于是他又变得规规矩矩了。

侄子在舞会和社交场合中出风头的样子，尽管经常给人们带来笑料，但对年轻人来讲却充满了吸引力，因为他们毕竟对自己和世界都缺乏完整和正确的认识。就这样慢慢的，格林威塞尔的年轻人也不再像他们原来那样勤劳、有修养和懂礼貌了，他们不约而同地开始模仿起侄子笨拙的动作，模仿他粗野的谈话，还模仿他放肆的大笑，以及对长辈们生硬而无礼的回话。而以前，格林威塞尔的年轻人从来都不会表现出粗俗且下流的举止。可现在他们却都一个个哼着下流小调，不仅用大烟斗抽烟，还在酒吧里胡闹。无论是在家或是外出做客的时候，他们都穿着带马刺的靴子，并且毫无顾忌地横躺在沙发上。如果是在社交场合，他们则会坐在椅子上摇来摇去，而且还肆无忌惮地把胳膊支在桌上，用两只手支着面颊，因为在他们看来，这种姿势显得非常时髦。虽然他们的家人和朋友都告诫他们这样做非常不礼貌，但城里的年轻人们已经顾不得这些了，因为他们都以陌生人的侄子为榜样。因为他们以为，自己也应该像英国人一样，尽情随意的享受生活。自此以后，格林威塞尔的良好习俗和风尚都败坏无遗，对这个小镇来说，这真是一件不幸的事。

可是，年轻人的这种放荡不羁的生活习惯并没有持续多久，因为在那以后发生的事情改变了这一切。因为每年冬天的娱乐季快结束的时候，格林威塞尔都会举办一场非常隆重的大型音乐会。城里的乐师和音乐爱好者都会在音乐会上演出。在今年的音乐会上，市长准备拉大提琴，而医生准备吹低音笛，除此之外，格林威塞尔的几个姑娘又练了几支歌，一切都准备得井井有条。就在准备的时候，年老的陌生人却向大家提出，举办这样正式的音乐会是不能没有二重唱这种高档的节目的。

这番话着实让大家感到很为难。因为市长的女儿虽然有像夜莺一样动听的歌声，但到哪里去找一个优美的男高音与她组成二重唱呢？就在这时候，年老的陌生人就把他的侄子推荐给了大家。当城里的人听说这位年轻人除了会跳舞之外还有这种出色的才能时，都感到十分吃惊，于是大家纷纷叫他试试。没过多久，举办音乐会的夜晚终于到来了，格林威塞尔的每一个人都做好准备要尽情地享受这场美妙的音乐会。

但就在音乐会开幕的那一天，年老的陌生人突然生病了，他就拜托市长务必要管教好自己的侄子。"我的侄子虽然是个非常善良的人，但他经常会因为天性的原因而产生许多奇怪的念头，因此经常会不由自主地胡闹起来。很抱歉，我今晚不能去参加音乐会，如果是我在场，他是绝对不敢乱来的。所以尊敬的市长先生，今晚就拜托你了，如果我的侄子真的又胡闹起来，您只要适当松一松他的领带就可以了。要是他还不规矩，你就干脆把他的领带全解下来，然后你就会发现，他会变得非常懂礼貌，非常有规矩。"

市长非常感谢陌生人对他的信任，并且痛快地答应他在必要时一定会按他说的去做。

到了晚上，音乐厅里人山人海，格林威塞尔和附近的人们都纷纷赶来了。城里乐师的演奏、市长的大提琴表演以及风琴师的独唱表演等节目都博得了全场热烈的掌声。音乐会的第一部分表演终于宣告结束了。此时每个人都非常紧张地期待着：因为第二部分表演中市长的女儿将会和年轻的英国人一起表演二重唱！

年轻的英国人穿着一身华丽的服装早早地就赶到了会场，这时他毫不客气地坐到一张华贵的靠背椅上，而这把椅子并不是给他的，而是为附近的一位伯爵夫人准备的。他大大咧咧毫无顾忌地伸开双腿，还旁若无人地戴上大眼镜，虽然在社交场合是禁止带狗的，但他还是牵来了一条大猎犬，并且还毫无顾忌地逗着狗玩。就在这时候，坐在那个座位的伯爵夫人来了，可是年轻的英国人不但没有给她让座，还更加放肆地坐在不属于他的椅子上，可是在这种情况下，仍然没有一个人敢上前责备他。

终于，音乐会的第二篇章开始了。市长带着他年轻美丽的女儿来到年轻人的面前，并把一张乐谱递给他说："先生，请问你现在可以上台表演二重唱了吗？"年轻人听后，高兴地哈哈大笑，还露出两排牙齿，跳起身来。市长和他的女儿就紧张地跟着他走到乐谱架前。此时全场观众都按捺不住激动的心情了。风琴师试了试音后，便向侄子挥了挥手，示意他可以开始了。侄子透过自己的大眼镜看着乐谱，可是发出的声音却既难听又可怕。风琴师听后大声地向他喊道："请你降低两个音，先生，你唱错了，你应该唱 C 调，C 调！"

可是侄子不仅不唱 C 调，还顺势脱下了脚上的一只鞋子，把它扔到了风琴师头上，弄得风琴师头发上的香粉飞得到处都是。市长看到这种情形，心里马上想道："他一定是又犯老毛病了。"于是他便马上跳上前去，一把揪住了他的脖子，把他的领带稍微松开了一点。可是没想到松开之后年轻人不但没变规矩，反而更加胡闹起来。这时他不再说德语了，反而说出一种谁也听不懂的奇怪语言，而且更加放肆地跳跃起来。这种烦人的胡闹让市长绝望了，他觉得是时候应该好好教训这个年轻人了，于是就干脆将他的领带完全解掉了。可是当市长刚刚将领带解下时，所有人都被惊得目瞪口呆，因为年轻人脖子上的皮肤的颜色与他身上其他地方不同，不仅如此，而且他还长着深褐色的毛。这时候年轻人忽然跳得更高了，样子也变得更奇怪了，他用戴着羊皮手套的手疯狂地扯下自己的头发，一下子扔到了市长的脸上。哦，天哪！这原来是假发。现在他的头全部露了出来，原来头上也长着同样褐色的毛。

然后他先是跳上桌子，接着又跳上板凳，不仅把乐谱架推翻，还踩坏了乐队的小提琴和笛子，整个人就像发了疯似的。这把市长急得团团转，气急败坏地大声叫着："快来人，快把他给我抓住！快把他给我抓住！他疯了，快来人，快把他抓住！"但说着轻松，要抓他实在太难了，因为这时他已经脱下了手套，还露出锋利的指甲，用指甲凶恶地抓人的脸。直到最后，一个勇敢的猎人终于把他抓住了。人们逐渐围了上来观看，就在这时，一个住在小城附近，家中有许多动植物标本的学者走了过来，等到他仔细观察了年轻人一番后，非常惊讶地叫道："天哪！尊敬的先生们和女士们，你们怎么能把一只猩猩带到如此高级的社交场所来呢？这可是一只猩猩啊，即使它长得跟人很相似，也不能和人类一起参加音乐会啊！如果你们愿意的话，我想出六个银币把它买下来，并且把它做成标本，放在我的标本室里。"

当格林威塞尔人听到学者的这番话时，都惊讶得无法形容！"你说什么？它是一只猩猩，一只猩猩竟然参加了我们的聚会？年轻高雅的英国人却只是只疯狂的猩猩吗？"他们大声地叫喊起来，没有人相信自己听到的事实。

"可是，这怎么会是真的呢？"市长夫人大声地说，"可是他还会常常给我朗诵诗歌呢！更何况他不是也跟大家一样在我们家里做客，吃过中饭吗？"

"什么？你说什么？"医生太太也激动地说，"这实在是太不可思议了！可是他不是还常常和我一起喝咖啡吗？不是还和我的丈夫在一起谈论学术问题，而且他不是还会吸烟吗？"

"天哪！你说的这是真的吗？"男人们都纷纷叫着，"他不是还和我们在酒店里一块玩九柱戏吗？不是还像我们那样讨论政治吗？怎么现在变成这样了！"

"这是巫术！这肯定是巫术！"市长说着，便高高地举起手上的领带，"你们瞧！在这条领带里肯定藏着魔法，其中还有一张宽大的羊皮纸，上面还写着各种各样奇怪而神秘的文字。这些文字好像是拉丁文。这里有谁能看懂吗？"

这时牧师长走了过来，他是小镇上非常博学的一个人，可是下棋的时候却总是赢不了猩猩。他过来仔细地看着羊皮纸，对大家说："是的！这的确是一些拉丁字母，这上面写的是'猩猩天生就很滑稽，吃着苹果更是滑稽.' 是的，是的，这绝对是一种魔法，这是多么可恶的一个骗局啊！"牧师长气愤地说，"我们一定要严厉地惩罚陌生人的罪行。"

市长也这样认为，于是他决定马上对陌生人实行审问。

然后，大家便一起来到了陌生人的房子前。可是无论大家敲门，还是按门铃，里面却一点反应都没有，根本没有人过来开门。因此市长大发雷霆，命令人们把门打开，然后亲自带头进去找陌生人算账。可大家进来后才发现陌生人早已逃之夭夭，并且他还留了一封信给人们。市长拆开信后读道：

"我亲爱的格林威塞尔人！

当你们读到这封信的时候，我早已远离了你们的城市，而你们也应该已经弄清楚我的侄子是从哪里来的了。这只是我跟你们开的一个小小的玩笑，希望这个玩笑能够启发你们。我只是一个想过自己的生活并不想参与你们社交圈子的陌生人！我讨厌和你们在一块儿无休止地鼓掌、吹捧，进而去沾染你们的坏习惯。所以，我故意养了一只猩猩，来代替我和你们交际，出人意料的是，你们却非常喜欢它。请你们记住这个教训，再见！"

格林威塞尔人在大家面前丢尽了颜面。感到最丢人的，当然就是格林威塞尔的年轻人了，因为他们一味地模仿了猩猩的坏习惯。经过这件事以后，他们又变得懂礼貌、有规矩了。要是又有人染上了以前的坏习惯，格林威塞尔人就会毫不留情地指责他说："你就是个猩猩。"

至于那只冒充年轻绅士的猩猩，人们把它送到了那位做标本的学者那里。学者就让它在院子里自由自在地蹦来蹦去，还认真地喂养它，并且还把它当作稀有动物展览给人们看。直至今日，人们还能在学者那里看到它呢！

长鼻子的小矮人

　　很久很久以前，在德国的一座非常有名的城市里，住着一对年轻的鞋匠夫妇，他们过着极其简朴的生活。白天，鞋匠就出去修补鞋子，坐在街道的拐角处，如果有钱买皮革，他也会帮人做新鞋。他的妻子则会在街上卖些蔬菜和水果，因为她在自己家的小菜园里种了很多蔬菜水果。她很喜欢整洁，所以每次都把蔬菜摆得非常整齐好看，所以城里的许多人都喜欢买她的蔬菜水果。

　　鞋匠夫妇还有一个非常漂亮的儿子，儿子长得眉清目秀，非常懂事。平时在菜市场上，他总是乖乖地坐在母亲的身边，要是有人在母亲这里买的东西多得拿不了，小儿子就会帮他们把东西送到家里。一般他这样帮顾客跑一趟，都不会空手而归，他总是能从顾客那里得到一块点心，或者是一枚钱币做报酬，就这样，他们一家三口每天都过着幸福美满的生活。

　　有一天，鞋匠的妻子又跟往常一样带着小儿子坐在市场上卖菜。她的面前摆满了各种各样的新鲜蔬菜和水果，小雅格——就是他们的孩子，就坐在母亲身旁，用他那清脆洪亮的声音帮母亲叫卖。

　　就在这时，远处走来了一个穿得破破烂烂的老婆婆，她的脸长得非常恐怖——她的眼睛红红的，而且鼻子又长又尖，瘦削的脸上，皱纹满布，皮肤就像风干的树皮一样，又黑又干。她还拄着一根长长的拐杖，走路东倒西歪，一瘸一拐，就好像随时都有可能栽倒似的。

"您就是传说中那位卖菜婆汉娜吗？"老婆婆走到菜摊跟前，用嘶哑刺耳的声音问鞋匠的妻子，她一边说还一边不停地摇晃着她那难看的脑袋。

"是的，我就是，"鞋匠的老婆回答说，"你想买些什么呢？"

"让我先看看！"老婆婆一边说，一边弯下腰翻着菜筐里的蔬菜，她把那双长得又黑又丑的手伸进了菜筐里，用蜘蛛腿般的长手指把原本摆放整整齐齐的蔬菜弄得一团糟，嘴里还不停地嘟囔着："破烂儿货，这种烂菜，我都不想要，甚至就连五十年前的菜都比这些好多了！全是破烂儿货，一堆烂菜！"

她说的这些话可把母亲身旁的小雅格气坏了。"喂，你这个又丑又可恶的老婆婆，"他生气地对她喊道，"是你先把黑乎乎的手指伸进菜筐里，胡乱地翻来翻去的，而且还把菜放到你那长长的鼻子底下闻，别人看见了谁还想买这菜啊！现在你还敢骂这些菜是破烂儿货。你知道吗？连公爵家的厨师也经常在我们这里买菜呢！"

老婆婆斜着她那红红的眼睛看了看小雅格，脸上突然露出了凶恶的表情，她用非常刺耳的声音吼道："你这个小家伙！我就知道你讨厌我这张又老又丑的脸，但是别着急，有一天你也会变得像我一样难看的，甚至会比我还难看！"

"好好想想您到底要买什么吧！总比和小孩子胡扯要强多了。"这时，鞋匠老婆也有些生气了，"如果您不买的话，就快点离开！别把其他的顾客都吓跑了。"

"好吧，这样吧，"老婆婆凶恶地扫了鞋匠老婆一眼说道，"我就买这六棵白菜，可是我自己没法拿回去，就让你的儿子帮我把白菜送到家吧！我会好好地奖励他的。"

小雅格当然很不愿意去，但他的母亲很善良，她觉得让这个衰弱的老婆婆一个人拎这么重的东西是一种罪过，所以她就说服了小雅格，并答应让小雅格帮老婆婆把东西送回去。

由于老婆婆走得特别慢，大概走了三个小时才来到城郊一间破旧的小屋前。她把门打开了，可是当小雅格走进去的时候，一下子就惊呆了！因为屋子里装饰得富丽堂皇，天花板和墙壁是大理石砌成的，家具都是用最美丽的黑檀木做成的，地板是用玻璃铺成的，所以非常滑，害得小雅格滑倒了好几次。

就在这时候，老婆婆从口袋里掏出了一支小银笛，吹起了一首曲子，忽然几只穿着人的衣服，头戴着礼帽的豚鼠，直立着纷纷从楼梯上跑了下来。"你们这些小混蛋，快把我的拖鞋拿来！"老婆婆一边吼，一边举起拐杖朝它们打去。那些豚鼠吓坏了，急忙爬上楼梯，拿来一双衬着皮子的椰子壳，非常熟练地套到老婆婆的脚上。

换上鞋的老婆婆身手突然变得非常灵活，她拉着小雅格的手从玻璃地板上飞快地划过去，然后把他带到了一个有点儿像厨房的地方。

"坐吧！小家伙，"她要小雅格坐在一张沙发上，然后接着对小雅格说："你拎的这个包应该很沉吧，因为里面装的人头特别重！"

"你说什么？"小雅格吃惊地对老婆婆喊道，"要说累，我确实很累，但我拎的可是白菜，是妈妈亲手给您装好的白菜。怎么可能是人头？"

"不信你打开看看吧，看完你就会明白哪个是谎言了！"老婆婆一边不怀好意地笑着说，一边给小雅格打开篮子，从里面慢慢地拿出一颗人头来。小雅格看见以后吓得魂飞魄散，他根本不明白这是怎么一回事，他想：要是让别人知道这些人头的事，妈妈肯定会有麻烦的。一想到这些，他吓得傻傻地坐在沙发上。

"你这么乖，我该拿什么来犒劳你呢？"老婆婆嘟囔道，"你稍等一下，我去煮一碗汤给你喝，我敢保证再没有比这更美味的汤了。"说完以后，她又吹起笛子来。叫来了之前跑来的几只豚鼠，它们身上全都穿着同样的衣服，腰上系着同样的围裙，腰带上还插着烹饪用的勺匙，接着又来了一群松鼠，它们身上都穿着宽松的土耳其扎脚裤，做起事情来干净利索，它们在墙上爬上爬下，把锅、碗和各种材料都拿下来搬到灶上。老婆婆穿着她那双椰子壳做的拖鞋，也一直在灶边忙活。小雅格在旁边看着，觉得老婆婆真的是在用心地给他煮什么好喝的汤。灶膛里的火也越烧越旺，锅里的汤也熬得差不多了，整个房间里都弥漫着一股沁人心脾的香味。

老婆婆把锅从灶上端下来，把汤倒进了一只银碗里，接着对小雅格说："快喝吧！小家伙，只要你喝下这碗汤，你就会变得跟我一样了。来，快喝吧！你喝了它还会成为一名非常优秀的厨师，这样你也算有了一门手艺。啊，为什么你母亲会把白菜放在筐里呢？"

小雅格根本不知道老婆婆在说些什么，他的心思完全都在那碗汤上。虽然妈妈也常常给他做各种各样好吃的饭菜，但是这碗汤却是他喝过的最好喝的。小雅格一口气把汤全喝光了，就在这个时候，豚鼠在房间里点起了阿拉伯神香，没过一会，整个房间都飘起了一片淡蓝色的烟云。这片烟云变得越来越浓，烟云的气味熏得小雅格昏昏欲睡。他很想离开，而且还不时地提醒自己，母亲现在该着急了。可是正当他想要挣扎着站起来时，又全身无力地倒了下去，最后小雅格躺在老婆婆的沙发上迷迷糊糊地睡着了。

他做了一个很奇怪的梦。在梦中，他恍惚觉得自己变成了一只松鼠，和其他松鼠一块儿给老婆婆干活儿。起初他是负责擦鞋的。因为以前在家里小雅格经常帮父亲做这样的事情，所以干起来很顺手。大约过了一年，他就被调去干一些稍微细致的活儿，就是和几只松鼠一块儿，捞取漂浮在太阳光线里的飞尘，捞满了就用最细密的筛子筛，因为老婆婆认为这种飞尘是最精致的食物，所以要求仆人们用这种飞尘给她做面包吃。

又过了一年，小雅格被调到另一群仆人那里工作，他们专门给老婆婆收集一种特殊的饮用水。小松鼠和雅格得用榛子壳把露珠从玫瑰花瓣上一滴滴的收集起来，老婆婆就喝这些水。由于她喝得特别多，所以雅格和伙伴们整天都要不停地忙来忙去。一年后，他又被调去干室内的工作，他的工作就是将地板擦干净。这可不是一件容易的事，因为地板是用玻璃做的，即使是在上面呵一口气都能看见痕迹。要是想把地板擦干净，就得在脚上缠些布，然后踩着布费力地在玻璃上来回滑动。到了第四年，他又被调到厨房里工作。这是一件让大家引以为傲的工作，因为只有经过长期考验的人才可以做这份工作。雅格在厨房里从厨工当起，到后来成为了一名点心师主管。在这期间，他学会了各式各样的烹饪技术，就算是要用两百种食料制成的点心，即使是用世上所有的蔬菜熬成羹汤这样难的事情，他也可以很快就完成。这样的好手艺就连他自己也感到惊讶。

就这样，七年一转眼就过去了。有一天，老婆婆拄着拐杖，提着篮子准备出门去。她就对小雅格说，在她回来之前，他必须要把一只肥嫩的鸡洗干净，还要用蔬菜将鸡肚填满，然后把鸡烤得黄黄的。按照吩咐，雅格开始做起来。他熟练地拔掉鸡毛，又把鸡的内脏拿出来，然后用水把鸡冲得干干净净。最后他又把鸡肚用蔬菜填满。可是当他走进蔬菜储藏室，却在里面意外地发现了一个从没见过的小壁橱，而且壁橱门还没有关好。他以前从来没有见过这壁橱。出于好奇，雅格走到壁橱前面，想看看里面到底装的是些什么。靠近后他发现里面摆着许多小篮子，篮子里面装着一种非常奇特的蔬菜，菜的茎和叶子都是淡绿色的，上面还开着一朵鲜红的小花，花边是黄色的。他便若有所思地观赏着这朵花，还不由得闻了一下，一股浓郁的香味沁人心脾。以前老婆婆给他煮的汤也是这种香味，这股香味是那么浓烈，使他忍不住打起喷嚏来，然后越打越厉害，最后他打着喷嚏从睡梦中醒过来了。醒来才发现，原来他还躺在老婆婆的沙发上！

他好奇地向四周望了望。

"我为什么会做这么奇怪的梦呢？"雅格自言自语地说道，"在梦中我好像真的变成了一只可怜的松鼠，而且还和其他小动物们一块干过活儿，甚至还变成了一个大厨师。如果我把发生的这一切都告诉母亲，她一定会笑我的！哎呀，很晚了，我得赶快回去才行，我不去集市上帮母亲的忙，反而在别人家里睡着了，回去以后她肯定会责备我。"想到这里，雅格马上跳起来要走。可能是因为睡得时间太长，他突然感到四肢麻木，连脖子也是，走路时鼻子还不时蹭到墙上或橱柜上。而那些小松鼠和豚鼠们都围着他，边跑边叫就像是要跟他一起回家一样。可是他刚走到门槛边时，那些小松鼠和豚鼠们却滑着核桃壳很快跑回屋里去了，他只听见那些小松鼠和豚鼠们在远处的哭泣声。

老婆婆的家，坐落在城里一个非常偏僻的角落，他穿过了好几条狭窄的街道，费了好大的劲儿才找到了回去的路。终于，他回到了市场上，这时他心里忐忑不安。他看见母亲仍旧坐在那里，筐子里仍然摆满了各种各样的水果和蔬菜，看来他并没有睡太长时间，可是，母亲看起来却好像很悲伤，因为她并没有叫卖，而是用手托着头，无精打采地安静地坐着。当他走近母亲的时候，发现母亲的脸色比以往苍老了许多。他忽然犹豫起来，不知道该怎么办才好。最后他还是鼓足勇气，悄悄地走到母亲的背后，把手轻轻地放到母亲的肩上，轻声地说："妈妈，你怎么了？一定是在生我的气吧？"

可是汉娜转过身来，一看见他，就大声尖叫起来。

"你是谁？丑矮人？"她大声地喊道，"快滚开！快滚开！不要跟我开这种玩笑。"

"妈妈，你怎么啦？"雅格吃惊地问道，"你到底哪里不舒服呀？为什么要把你的亲生儿子赶走呢？"

"我已经对你说过了，马上给我滚开！"汉娜太太非常气愤地回答说，"你骗不了我的，丑八怪。"

市场里的其他女人听到汉娜太太的骂声都不约而同地聚拢来了，汉娜大声对她旁边的一个女人说："你们来评评理，你们看这个可恶的小矮人，他竟然拿我的不幸来开玩笑。他还对我说'我真的是你的儿子，你的雅格。'真是个厚颜无耻的家伙！"

但是不幸的雅格完全不明白这是怎么一回事。他心想，就在今天早上他像平常一样跟着母亲来到市场上卖蔬菜和水果，接着就送老太婆回家，然后还喝了一碗汤，睡了一个觉，就赶紧回来了。但是，母亲和女商贩们却说已经过去七年了！她们还叫他可恶的小矮人！这究竟发生了什么事？他看见母亲一句话也不和他说，他顿时泪如泉涌，伤心地离开了，走到了他父亲的铺子那里。他来到鞋匠铺，静静地站在门口向里张望。这时鞋匠很忙，起初并没有注意到他。可是，当他偶然抬头朝门口看了看时，不禁大吃一惊，连手里的鞋子、捻线都不小心掉在地上了，他惊叫道："上帝呀，那是什么啊？那到底是什么啊？"

"晚安，师傅！"雅格打了个招呼，小心地走进铺子。"您一切可好？"

"不好，不好，小先生！"父亲紧张地回答说，雅格很吃惊，因为父亲看起来好像根本不认识他了。"我现在已经老了，而且只有我一个人干活，本来想雇个伙计，可又付不起工钱。"

"难道没有人帮您吗？"雅格又问道，"那么您的儿子呢？"

"我也不知道，"鞋匠悲伤地回答说，"我曾经有个儿子，名叫雅格，要是还活着的话，现在应该是个二十岁的、高大能干的小伙子了，一定可以帮上我的忙。唉！"

鞋匠停了一下，继续说道："七年前，就在菜市场上，一个可恶的老太婆把我们的孩子拐走了。"

"原来是七年前！"雅格小声地重复着。

"是的，小先生，就是七年前。直到现在我还很清楚记得。就在七年前，一个相貌丑陋的老太婆在我老婆的蔬菜摊上挑了一阵后，就买了六棵白菜。我老婆是个心地非常善良的人，她怕老太婆拿不动，就让我们可爱的小雅格帮她把菜送回家。可是自从那以后，我们可爱的小雅格就再也没有回来。"

"您是说，那件事发生在七年前？"

"是的，到今年春天就整整七年了。我们在这个城市里到处张贴寻人启事，挨家挨户地打听他的消息，可是一点儿消息都没有。据一个有经验的九十岁的老婆婆说，那个老太婆很可能就是可恶的老巫婆克罗特维斯，她每隔五十年才会到城里来一次，买各种各样的东西。"说完，鞋匠又接着继续忙他手头的活儿了。

现在雅格终于明白了事情的真相，原来自己不是在做梦，而是真的被那个可恶的老巫婆变成了松鼠，整整在她家服侍了她七年。过了好半天他才回过神来，当小雅格回想起自己的奇特命运时，顿时又伤心又气愤，气得他五脏六腑都要炸开了。这时，他的父亲问他："小先生，请问你要买什么东西吗？一双拖鞋，还是一个鼻套子？"

"请问，为什么我要买一个鼻套子？我的鼻子又没有问题！"雅格非常不解地问道。

"我要是长着一个像你这样丑陋的鼻子，"鞋匠有些尴尬地说，"我想我肯定会做一个玫瑰色的皮套子把它套住。小先生，我这里有一块现成的皮子，非常漂亮。您看看吧！我想，您一定经常把鼻子碰到门柱上或车上，我知道您肯定不想这样！"

雅格听了父亲的话，吓得半天说不出话来。他摸了摸自己的鼻子，原来他的鼻子又粗又大，看来，老巫婆真的已经把他的容貌改了，怪不得刚才他的母亲认不出他，难怪人家骂他丑矮人！"师傅！"他几乎哭着对鞋匠说，"您有镜子吗？我很想照一照。"

"我这儿没有，可是如果您真的想要照镜子，就到对面的乌尔邦理发店里去吧！那里有镜子，在那里您可以清清楚楚地看到自己的样子。"鞋匠说完以后，就把雅格请出了门外，然后继续干起自己的活儿来。

雅格垂头丧气地穿过大街，走进了理发店，去见他以前很熟悉的理发师乌尔邦。他走进理发店，大声对乌尔邦说道："早上好，乌尔邦，我可以借你的镜子照一照吗？"

"照吧，镜子就在那里。"理发师一面喊，一面哈哈大笑起来。那些来刮胡子的顾客也跟着笑得前仰后合。"这个小伙子怎么长得这么俊俏啊，身材苗条，端正，天鹅一般的脖子，皇后一般的手，狮子一般的鼻，再英俊不过了。您一定很自豪自己有这样的长相吧！一定是这样。不过，还是您自己照照吧！"

理发师这么一说，店里的顾客一块儿哄堂大笑起来。雅格一走到镜子前面，眼泪就如两股泉水一样流了出来。原来他的眼睛几乎眯成了一条缝，鼻子却大得吓人，一直垂到嘴边并且伸到下巴下面，而他的脖子却短得可怜，使得他的头不得不深深地缩进肩膀里。他个子长得不高，但肩膀却那么宽，弓背突胸，就像个鼓鼓的小口袋。一双细腿，软弱无力，看起来就好像随时有被上身压断的危险。他的手臂长得很粗，双手粗糙而且发黄，手指则又细又长，像蜘蛛的腿一样。

"我怎么变成了这个样子，"小雅格悲伤地想，"怪不得妈妈爸爸都认不出我就是他们的儿子。"

这时，他又想起了那天早上，老巫婆走到母亲的菜摊前买菜时的情景。当时，他还嘲笑她的长相：长长的鼻子，丑陋的手指，现在他自己也成了这样的了。

"喂，您照得也太久了吧！我的王子！"理发师一边说，一边走到他跟前，看着他的脸哈哈大笑。"做梦也想不到竟然有人长得这么可笑。我有个建议，小矮人。我的理发店虽然已经有很多顾客了，但是最近却不像我想的那样多了。因为我的邻居，理发师邵姆，弄来了一个巨人，帮他招揽顾客。你来帮我吧！你只要在门口站着，你奇怪的模样肯定会吸引更多的顾客。这样你自己也可以从每个顾客那里得到一些小费，你觉得如何？"

雅格听了这个不怀好意的建议以后心里很气愤，可是他却毫无办法。只能默默地忍受着别人对他的嘲笑，他告诉理发师自己没有时间做这份工作，说完就走了。但他心里非常清楚，虽然可恶的老巫婆摧残了他的身体，却无法改变他的灵魂，所以他决定再到母亲那里去。

他再次来到了市场上，恳求母亲冷静地把他的话听完。他先把过去发生的一切都叙述了一遍，向母亲说起了那天他跟老巫婆一块儿去时的情景，然后他告诉母亲，他被那个老巫婆变成了松鼠，这七年来一直被囚禁在那个小核桃屋里服侍她。可是母亲听了雅格的话，不知道如何是好。她怎么能相信眼前这个令人厌恶的小矮人竟会是她日夜思念的儿子，最后她觉得还是应该和丈夫商量一下。于是她收拾了菜筐，叫雅格跟她一块儿去。然后他们到了鞋匠铺。

"你看，"她对鞋匠说，"这人说他是我们丢失的儿子雅格。他跟我说，七年前有一个老巫婆把他从我们手里拐走，老巫婆对他施法术把他变成了一只松鼠，并且囚禁了他七年。"

"真的吗？"鞋匠怒气冲冲地打断了老婆的话，"这都是他告诉你的吗？好哇，他这个小混蛋！我刚刚告诉他的话，他竟马上拿去戏弄你！喂，我亲爱的小儿子，你着了魔吗？好吧，让我给你除去魔障吧！"说着，他抓起一捆刚剪好的皮带，冲到小矮人面前，朝着他高高隆起的背和长长的手臂抽去，小矮人疼得哇哇大叫，一边哭一边逃走了。

在这座城市里，雅格发现根本没有人会同情他的遭遇。那一天，他没吃没喝，晚上只能在教堂外又硬又冷的台阶上露宿。

第二天早上，刺眼的阳光照醒了还在熟睡的雅格，他开始思考以后该如何生活，这是一个非常严肃的问题。这时他忽然想起，他当松鼠时学到的一手高超的烹饪技术，于是，他决定好好利用这门手艺。

雅格了解到当地的领主是一位公爵，这位公爵特别讲究吃喝，喜欢品尝各种各样的美味佳肴，所以他经常在世界各地寻找厨艺高超的人。于是，雅格朝着公爵的宫廷走去。到了宫廷门口，他把自己的来意告诉了侍卫，侍卫们看见他后先是哈哈大笑，然后就领他穿过前院，在他所到之处仆人们都停住脚步瞧着他，一个个都笑得前仰后合，渐渐的后面跟着的人越来越多，他们朝宫廷的台阶前拥去。大家前拥后挤，乱成一团，全部都把他看成敌人，叫嚷声响成一片："小矮人，小矮人，大家快看好奇怪的小矮人啊！"

这时，宫监非常生气，手握着一条大鞭子，怒气冲冲地跑到门口。"该死的，你们这帮狗崽子，在这里吵吵闹闹做什么？难道你们不知道爵爷还在睡觉吗？"说着他便挥起鞭子，朝几个马夫和门卫的背上毫不留情地抽去。"哎呀，老爷！"他们叫道，"您看！我们带来一个小矮人，像这样的小矮人，您肯定从未见过。"宫监一看到小矮人，虽然很想笑但他强忍住没笑出声来，因为他怕一笑会有损他在仆人面前的尊严。于是，他赶走了所有人，将小矮人领进了宫里，并且问他的来意。

小矮人回答说："我是一个技艺高超的厨师，会做各式各样的美味佳肴。领我去见厨师长吧！我的手艺肯定会有帮助的。"

宫监仔细打量了小矮人一番，然后笑着说："就你这模样的家伙也想成为厨师吗？你难道疯了吗？"但小矮人听了宫监的话后并不气馁，他用坚定的语气对宫监说："我的确是一名非常出色的厨师，请你带我去见厨师长吧！"

"那就听你的吧！小矮子。看来你还是一个很不懂事的小孩子呢。到厨房去吧！"说着，宫监带着雅格到了厨师长的房间，并向厨师长说明了小矮人的来意。

厨师长从头到脚把小雅格打量了一番，顿时忍不住放声大笑说："你说什么？你是一个厨师？你认为我们的炉灶不高吗？所以你只要踮起脚尖，就能看见上面的东西吗？啊，亲爱的小人儿！把你送来当厨师的人，一定把你当傻瓜了。"厨师长说完又大笑起来，宫监和厨房里所有的仆人也都跟着厨师长捧腹大笑。

可是，小矮人表现得却非常镇定。"你不会是舍不得一两个鸡蛋，一点点糖浆和酒，一点点面粉和香料吧？你们不会这么吝啬这些东西吧？"他诚恳地说，"只要给我一点儿时间准备，我肯定可以给您做出美味可口的菜肴，然后您就会明白我是不是一名出色的厨师了。"小矮人说这些话时表现得异常诚恳，他的大头不停地晃动，细长的手指不停地比划，那样子看上去非常滑稽。

"好吧！"厨师长听后，勉强答应了小矮人的请求，和大伙儿一起来到了厨房。厨房是一个非常宽敞明亮的房子，而且收拾得很整洁，二十个炉灶上燃着火焰，一条清澈的溪水从厨房正中间流过，同时这溪水还能用来养鱼；厨具应有尽有，橱柜里摆着各种各样的珍贵原材料。厨工们正在来回地忙着，弄得锅盘叉匙叮当作响。可是当厨师长一走进厨房的时候，大家都立刻停下了手中的工作，整个屋子只听得见炉火燃烧的噼啪声和溪水流动的潺潺声。

"爵爷今天早点想吃什么？"厨师长问一级早点师，那是一个看上去经验丰富的老厨师。

"爵爷想吃丹麦汤和汉堡红丸子。"

"好，"厨师长继续说，"小矮人，你听清楚了吧，爵爷要吃什么，老实说这两道菜都非常难做，你敢做吗？我敢保证你绝对做不出来这种丸子，这是有秘诀的。"

"这两道菜对我来说太容易做了，"小矮人回答说，大家听后，脸上都露出惊讶的表情，其实他当松鼠时经常做这些菜，"对我来说这是最简单的菜了！做汤，请给我几种蔬菜、几种香料，还有野猪油、根菜和鸡蛋，至于这个丸子，"他忽然说得很小声，只有厨师长和一级早点师才勉强听得到，"做这种丸子，我需要四种肉、一点料酒、鸭油、生姜，另外还要在里面加上一种叫'开胃菜'的蔬菜，它的味道就会更加鲜美！"

"啊！我保证，他说的全部都对啊，你是从哪个厨师那儿学的？"早点师惊讶地叫了起来，"你说的那种'开胃菜'我可从来没听说过，我倒想看看用它做出来的丸子能有多鲜美。"

"既然这样，那你就试试吧！"厨师长说，"把他需要的东西都给他准备好。"

在厨师长的吩咐下，厨工们很快就拿来了小矮人所需要的东西，可小矮人的个子实在是太小了，根本就看不到灶台，于是仆人们将两张椅子并在一起，还在上面放了一块大理石板，然后就请这个自称厨艺了得的小矮人爬上去做早点。这时候，厨师、厨工和仆人们都围在灶台边，一动不动地盯着小矮人做菜。只见各种各样的厨具在小矮人的手里上下翻飞，他的动作是那么的干净利落，灵巧熟练，大家看了都非常惊讶。很快，当所有的食料都配好以后，小矮人叫人把两口锅放到灶上，接着用小火慢慢地炖，他一说"好"，厨工们就把锅端了下来。

最后小矮人请厨师长尝尝味道怎么样。厨师长慢慢地走到灶边，舀了一勺尝了尝，他咂了咂嘴巴，激动地说道："我以爵爷的生命起誓，味道实在是太好了！我从来没有吃过这么好吃的饭菜！"他拉着小矮人的手赞不绝口地说，"味道好极了！我不得不承认，你的确是一个技艺高超的厨师。"这个时候，早点师也尝了一口，顿时就对小矮人的手艺佩服得五体投地。

这时，公爵的侍从来到了厨房，对大家宣布说，公爵老爷要用餐了。于是，他们就把这两种食物放在了银盘上，送到爵爷那里。那个厨师长则叫人把小矮人带到了自己的房间里，同小矮人说起话来。没过多久，公爵就派来侍从叫厨师长去见他。

公爵看上去非常高兴。"听着，厨师长，"他说，"我对你的厨师一直都非常满意，不过，请你告诉我这份早餐到底是谁做的？自从做了公爵，我还从来都没有尝过如此美味的早点。快告诉我，这个厨师叫什么名字，我要重重地奖赏他！"

"爵爷！说起来还真是一件奇怪的事。"厨师长回答说，接着他就从头到尾地将事情一五一十地告诉了公爵。公爵听了以后也觉得非常奇怪，就立即派人把小矮人叫来，问他是谁，从哪里来的。小矮人告诉公爵，他的父母现在已经不认得自己了，厨艺是一个老婆婆教他的，公爵没有再问什么，只是看着小矮人的长相，觉得非常有趣。

"如果你愿意留在我这里，"他说，"我每年将给你五十个金币，还有一套礼服，还会另外再给你两条裤子。但是，你每天都要亲自给我做早点，并且还要教别人中餐该怎么做。你也应该有个名字，既然你的鼻子这么长，那就叫'长鼻子'吧，而且我要封你为二级厨师。"

长鼻子矮人马上跪倒在公爵的面前，表达他的感激之情。并且吻了吻他的脚，表示誓死为他效劳。

小矮人认为这份差事非常合他的意，自从他进宫以后，公爵就像换了个人似的。以前，他总是对厨师们做的菜不满意，还经常把碟子扔到他们的头上。可是自从小矮人进宫后，他的脾气就变了。现在，公爵一天要吃五顿饭，每天都尽情地享用小矮人给他做的拿手菜，而且再也没有发过火。他感觉每样食物都非常鲜美可口，人也变得随和亲切了，而且也越来越胖了。

现在整个城市都听说了小矮人的经历。大家都恳求爵爷能够让他们看看小矮人是如何烹调的。但只有几个地位最显赫的贵人才得到了公爵的许可，派他们的厨师来向小矮人学习烹饪手艺，每人每天都要付给小矮人半个金币。小矮人就用这种方式赚了不少钱。为了继续保持和其他厨师的友好关系，免得他们妒忌自己，长鼻子小矮人就把厨师们前来学艺所交的学费都拿了出来和其他厨师分享。

就这样，长鼻子小矮人在宫里住了将近两年，生活也变得越来越富足，声望也越来越高，可是每次小矮人只要想起自己的父母，心情就非常沉闷。终于，一件意想不到的事发生了，他的命运也就此发生了转变。

只要有时间，长鼻子小矮人就会亲自到市场上去买烹饪用的材料。现在，在市场上，大家看到他以后，再也不会嘲讽他的相貌了。相反，只要一看到他，就会对他肃然起敬，因为大家都知道他是公爵的名厨。有一天早上，他忽然看见一个女人坐在街角尽头的摊位上，她卖的鹅看上去好像很不错。于是他走到了这个妇女的摊位前，仔细地看了看她的鹅，然后用手掂了掂分量，最后买了三只他觉得不错的鹅。在路上，他发现其中两只总是"嘎嘎"地叫个不停，另外一只却总是不吭声，还时不时地发出像人一样的叹息声。他感到非常不解。

"这只鹅大概得了什么病吧？"他自言自语地说，"我得尽快把它宰了才行。"这时，这只鹅突然开口对小矮人说："你如果要宰我，我一定会咬你，要是你对我不好，我就叫你活不长。"长鼻子小矮人听见后吓了一跳，急忙把鹅笼放在地上，并且惊讶地看着它，喊道："天哪，是你在和我说话吗？真是太神奇了。哦，请你千万别害怕！我很珍爱生命，绝不会伤害你的。不过，我相信，你肯定不会天生就是一只鹅，对吗？我自己也曾被别人变成一只可怜的小松鼠。"

"的确如此啊！唉，谁会料想得到呢，伟大的韦特博克的女儿，将会在公爵的厨房里丢掉性命。"

"别害怕，可怜的小家伙，"小矮人安慰它说，"你放心，我一定会保护你的，你先待在我的房间里，我这就去告诉厨师长，跟他说我正在用一种特殊的菜叶为公爵喂养一只鹅，只要有机会，我就会放你走的。"

小矮人果然按他说的办了，他杀了另外两只鹅，然后就在自己的房间里为小鹅搭了一个棚子，并且借口说要养肥这只鹅，不给她普通的鹅食，而是拿面包和甜点喂她。他只要一有时间，就会陪她聊天。然后她也告诉了小矮人她的身世，长鼻子小矮人这才明白她是魔法师韦特博克的女儿，以前一直住在特兰哥岛。一个老巫婆和她父亲发生了矛盾，为了报复她的父亲，老巫婆就把她变成了一只鹅，并且带到了这个城市，并想在市场上卖掉她。

听完鹅小姐的经历后，长鼻子也把自己不幸的遭遇告诉了她。鹅小姐听了以后对他说："听完你刚才所说的那些关于蔬菜的魔法，还有你闻过某种菜后突然变了模样的事情，我想你一定是被这些菜的味道迷住了，如果你能够找到那种植物的话，我想你是可以恢复原样的。"

虽然鹅小姐的这番话没能安慰小矮人，因为他根本不知道自己要去哪里才能找到这种菜！不过，他还是非常感谢鹅小姐，因为这样他心里就会怀着一线希望。

过了一段时间，有一位有权势的王子前来公爵家拜访，他是公爵的一个非常要好的朋友。公爵马上就派人把长鼻子矮人叫来，并对他说："你表现的时候到了，我要考验你是否忠心，到底是不是厨艺精湛的烹饪大师。因为到我这里来做客的这位王子，他可是个无所不知、无所不闻的美食家。从现在起，就算花光我所有的积蓄，也要让他每次进餐都有不一样的惊喜，你做的菜绝不能重复。"

于是，小矮人使出了浑身解数。他根本不在意主人的钱财，更不顾及自己的身体，每天他都在厨房和菜市场之间忙碌着。他成了厨师们的主帅，他的指挥声就好像要震破厨房的屋顶。

而那个外来做客的王子在公爵的宫中一直待了十四天，而且他每天大吃大喝，生活过得快乐又舒服。他们一天起码都要吃五顿，公爵对小矮人的烹调手艺非常满意，因为他看到了客人脸上露出的非常满意的神情。到了第十五天，公爵派人将小矮人叫到餐桌前，向客人介绍他，并问王子是否对他的厨师感到满意。

"你的确是一个非常了不起的厨师，"做客的王子满意地对小矮人说，"做菜真是很在行。我在这里住的这些日子，没有吃过一样重复的菜，而且每道菜味道都很鲜美。不过，能不能告诉我，为什么这些天来你都没有做过皇后馅饼呢？这可是食品之王啊。"

小矮人听后吓了一跳，因为他从来没听说过这种所谓的皇后馅饼，但在王子面前他依然从容地回答说："啊，尊敬的王子殿下，我原本以为您会在宫里住很长一段时间呢，所以我一直等着在您离开的那天献上这道美味佳肴！"

"是吗？"公爵高声说道，"这种皇后馅饼，我还从来都没有品尝过呢。饯行的食品，你就想其他的吧，你能明天就将皇后馅饼端到桌上来吗？"

"好的，老爷！"小矮人说完便走了。但是，他却忧心忡忡，因为他已经预感到自己的好运即将结束了，而且他根本就不知道这种馅饼到底是什么。小矮人回到了自己的房间后，禁不住哭了起来。这时候，在他房间里的鹅小姐走了过来，问他到底为什么哭泣。小矮人把事情的经过全部讲给鹅小姐听，鹅小姐安慰他道："请你不要担心，这种馅饼我以前经常在父亲的餐桌上看到，配料我还没有忘记，如果有些配料配不齐也应该不要紧，老爷们也不会吃出来。"

小矮人一听，马上就高兴得跳了起来，他真的太庆幸自己买下了这只白鹅。接着按照鹅小姐所说的，他马上动手做起了皇后馅饼来。他先做了一个小馅饼试了试，自己感觉味道还不错。接着厨师长尝了一口后，也不由自主地连连称赞这是全天下数一数二的好菜。

到了第二天，小矮人特意烤了一个比较大的馅饼，刚出炉的时候还热乎乎的。他用鲜花把馅饼四周点缀了起来，叫人端到餐桌上去了。而他自己也穿上了最好的礼服，来到了餐厅。当他走进去的时候，看见切饼师正把那张饼切成几块，放在精美的银盘子里，递给公爵和他的客人。公爵把一大块塞在嘴里，细细地咀嚼着。

"啊，啊，啊！怪不得这种饼被称为皇后馅饼，味道真是太好了！我的小矮人可真称得上是厨师之王啊！你看如何呢，我亲爱的朋友？"

王子把几块小的放在嘴里，细细地品尝起来，脸上却忽然露出讥讽的笑容。"这饼做得确实不错，"他一边说，却一边推开了盘子，"但真正的皇后馅饼不是这个味道，我是这样觉得的。"

公爵听后生气地拧紧眉头，气得满脸通红地骂道："小矮人！你这个狗东西！你真是胆大包天，竟然骗起你的主人来了！"

"啊，老爷！天哪！我的确是按照烹调规则来做的这张饼，怎么会不对呢？"小矮人战战兢兢地回答道。

"撒谎，你这混蛋！"公爵吼道，并且使劲把他踢开。"我的客人是绝不会瞎说的，饼里还缺少点儿东西。我真想把你剁成碎片，烤成一块儿馅饼！"

"请您救救我吧！"小矮人跪在客人的面前恳求道，"请您告诉我，这馅饼里到底还差什么？请别让我仅仅为了一小块肉或一把面粉丢掉性命啊！"

"就算我说出来，对你也不会有多大帮助的，我亲爱的长鼻子矮人，"客人怪笑着回答说，"饼里应该还少了叫作'喷嚏菜'的一种菜，不过这一带根本没人认识这种菜，所以只有我家的厨师才会做这种馅饼，其他无论谁也做不出来，你家老爷永远也不会像我一样幸运地尝到这种馅饼了。"

公爵听了客人的话以后更加生气了，他觉得在客人面前丢尽了面子。他两眼直冒怒火地对小矮人嚷道："不，我必须要吃到这种饼。我发誓，要是你明天还做不出真正的皇后馅饼，那么你就准备让你那颗混蛋脑袋挂在宫门口示众吧！听着，我就给你一天的时间！"

小矮人听后灰心丧气地回到自己的房间，痛哭流涕，他向鹅小姐诉说了他的不幸遭遇，他觉得这次自己死定了，因为他从来都不知道有这种菜。

"要找这种菜吗？"鹅小姐说，"我倒可以帮你的忙，因为我父亲教会我认各种各样的菜。假如在其他时候，恐怕你的性命就保不住了，不过现在正好是月初，这种菜也正好在这时候开花。告诉我，在宫廷附近有老栗树吗？"

"有！"长鼻子小矮人立即回答说，顿时他觉得心里的大石头落下去了。"就在湖边，离这所房子大约二百步远，就有一片栗子树。可是，你问这种树干吗呢？"

"因为这种菜只会长在老栗树下，"鹅小姐说，"我们得抓紧时间，赶紧去找你要的'喷嚏菜'吧！你先把我抱在怀里，到了外面你再把我放下来，我帮你找。"

于是他就照着鹅小姐说的做了，小矮人抱着她走到了宫门口，想要出去。可是侍卫举起枪拦住了他，说道："我亲爱的长鼻子小矮人，刚才公爵已经下过命令了，不许你离开宫殿半步。"

"可是我总可以到花园去吧?"小矮人小心翼翼地对侍卫说，"帮帮忙吧！你派个人去问问宫监，我只是想到花园里去找几种烹饪用的配料。"侍卫问过宫监后，就同意让小矮人去花园了。于是长鼻子小矮人就抱着鹅小姐来到花园里，然后将她小心翼翼地放下。鹅小姐赶紧跑到长着栗子树的湖边，她四处寻找，一会儿跑到这棵树下，一会儿又跑到那棵树下，翻弄着每棵小草，可还是没有找到，连"喷嚏菜"的影子都没有看见。她既懊丧又着急，不由得哭了起来。因为一到晚上，天就黑了，就什么东西都看不见了。

这时，小矮人偶然朝湖对岸望了一眼，忽然他叫起来："快瞧，湖对岸还有一棵高大的老栗树。我们赶紧过去找吧！说不定在那里会碰到好运气呢！"鹅小姐赶忙蹦起来，扑打着翅膀奋力地朝前奔去，小矮人迈开两条短腿，也跟在后面拼命地追。这棵老栗树枝繁叶茂，有一大片树荫，四周黑乎乎的，什么也看不到。可就在这时，鹅小姐停了下来，她兴奋地扑着翅膀，一下子将头扎进了茂密的草丛里，过了一会儿叼起了一样东西，递给一脸惊讶的长鼻子小矮人，说道："快看！这就是那种菜，这里长着一大片，足够你用啦！"

小矮人仔细地瞧着这种菜，一股清香的味道瞬间扑鼻而来，他不禁回想起自己当初被施魔法时的情景，而这棵菜的茎和叶子正好也是淡绿色的，上面还开着一朵鲜红的花，而花边也是黄色的。

"谢天谢地！"小矮人不由得兴奋地叫了起来，"真是太神奇了！你听我说，我敢肯定，就是这种菜把我从松鼠变成丑陋的小矮人的，对，就是这种喷嚏菜。我现在可以闻一下吗？"

"不，现在还不可以，"鹅小姐对小矮人说，"你先摘下一把菜，等我们回到你的房里去，你要先把你的钱和其他东西都收拾好，然后我们就可以尝试一下这种菜的魔力了！"

于是他们就这样说定了，一起高高兴兴地回到小矮人的房间里。这时小矮人紧张得连心跳声都听到了。他把平时小心节省下来的几个金币、几件衣服和几双鞋子打成了一个包裹，然后说道："上天保佑，希望我还可以变回原来的样子。"说完，他便把鼻子伸进了菜里，用力地吸了一口菜叶的香气。

突然间，他的身体就开始震动起来，各个关节都噼噼啪啪地响了起来，他感觉自己的头伸出了肩膀，鼻子也越变越短，背和胸脯也开始变平，腿也长长了。

鹅小姐在旁边看到了这些变化，吃惊得一句话也说不出来。过了好一会儿，她才喊道："啊！你是多么高大，多么英俊啊！谢天谢地，和原来的样子相比，你简直就像是变了一个人！"雅格听了以后非常高兴，合拢双手开始祈祷起来，他高兴得无法形容，但他并没有忘记鹅小姐对自己的帮助，他急切地希望能够见到父母，但出于对鹅小姐的感激，他没有立刻回家，而是对鹅小姐说："我可以重新得救，全都要感谢你给我的帮助。如果没有你，我怎么可能找到这种菜！也许一辈子都会是那副丑样子，说不定还会被公爵弄死呢！我该怎么报答你的恩情呢？我要让你见到你的父亲，他精通各种魔法，肯定能解除你身上的魔法，让你恢复成原来的样子。"鹅小姐听后，激动得泪流满面。雅格抱着鹅，就这样顺顺利利地走出了宫门，因为变样之后没有人知道他是谁。于是他朝着海滨的方向走去了，因为那里是鹅小姐的家乡。

还得给大家讲一讲后来的情况：他们一路非常顺利，一起来到了鹅小姐的家乡。韦特博克解除了女儿身上的魔法，并送给雅格许多珍贵的礼物，让他离开了。而雅格回到家乡以后，他的父亲认出了这个漂亮的小伙子就是他们曾经失去的儿子，高兴极了。雅格用积攒下来的钱买了一家店铺，做起了小生意，他们一家的生活也逐渐富裕起来，一家人过上了幸福快乐的生活。

除此之外，还要交代一下其他的情况：在雅格离开公爵的王宫之后，那里发生了一场大动乱。原因是第二天，小矮人没有为公爵献上皇后馅饼，公爵非常恼火，他派人四处寻找小矮人，可是小矮人早已经不见了。这时，王子就认为公爵是因为害怕失掉自己最优秀的厨子，而暗中把他放走了，于是指责公爵是个不讲信用的人。因此，一场大战就在两个贵族之间爆发了，这就是传说中著名的"蔬菜战争"。他们打了好几次仗，结果以言和告终。为了庆祝和约的签订，王子便命令自己的厨师做了皇后馅饼献给公爵，公爵终于美美地享受了一次口福。从此，这个和约就被叫作"馅饼和约"了。

你们看，一件微不足道的小事通常都会掀起一场轩然大波。

大鹏鸟

很久以前，有一个国王，不过，我可不知道他统治的是哪个国家，叫什么名字。

国王没有儿子，只有一个独生女，但是公主生了病，传说公主吃了苹果，就能够恢复健康。于是国王在全国找能给公主带来苹果的人，只要能治好公主的病，他就能娶公主为妻，将来还能继承王位。

有一户人家，夫妇俩有三个儿子。父亲听到这个消息后对大儿子说："你到园子里去摘满满一篮美丽的红苹果，然后送到宫廷里，也许公主吃了会恢复健康，这样你就能和她结为夫妻，以后还能当上国王。"

大儿子按照他的吩咐去办了，他摘了满满一篮红苹果后便出发了。

他走了没多久，碰到了一个头发花白的矮个儿，矮个儿问他篮子里放的是什么东西。

大儿子乌雷说："是青蛙的腿。"

矮个儿说："你说里面是什么就是什么，随便你。"

说完这话，矮个儿转身就走了。

乌雷到了宫殿以后，叫人告诉国王，说他带了些苹果来，如果公主吃了这些苹果，病很快就会好起来的。

国王听了十分高兴，立刻叫乌雷进来。可是打开篮子一看，里面装的不是苹果，而是青蛙腿，而且有一只还在动呢。

国王非常生气，立刻派人将他赶了出去。

大儿子回到家后，就把经过一五一十地告诉父亲。于是父亲派他的次子塞梅去。

和乌雷的遭遇一样。他也遇见了那个头发花白的矮个儿，矮个儿问他篮子里是什么。

"猪鬃。"塞梅说。

头发花白的矮个儿说："你说什么就是什么，随你的便。"

他到了王宫门口，说他手里有苹果，公主吃了以后身体就会好起来的，可是守卫们不让他进去，说已经有人来开过他们的玩笑了。但塞梅再三说他的确带来了苹果，要他们放他进去。最终，他们相信了他，带着他去见了国王。

可是揭开篮子盖一看，里面装的却是猪鬃。

国王勃然大怒，于是派人拿鞭子把塞梅赶了出去。

塞梅回到家后，也告诉了他父亲所有事情的经过。

最小的儿子，大家叫他傻瓜汉斯。这时他问父亲，他是不是也能去送苹果。

"哎，"父亲说，"你配吗？聪明人都办不到，你就更不用想了！"

可是那孩子拼命地请求，"爸爸，就让我也去试试吧！"

"滚吧，傻瓜，必须等到你聪明了以后再去。"父亲转过身说。

可汉斯依旧使劲拉父亲的衣服，又说：

"爸爸，你就让我去吧。"

"好，那你就去吧，不过你回来时什么也别想得到！"父亲的话语中带着妒意。

汉斯孩子听了以后非常开心，跳了起来。

"你越来越像一个傻瓜了。"父亲又说。

可是汉斯根本不在意他父亲说的话，依然十分高兴。

夜幕慢慢降临。他想，还是等到明天再去吧，今天恐怕到不了宫廷了。

晚上，他睡得很不安稳，一直在床上翻来覆去，后来好不容易睡着了，他在梦里见到了漂亮的公主还有宫殿、金银以及各种各样的东西。

第二天一早，他便出发了，他也碰到了那个身穿灰衣的古怪的矮个儿。矮个儿又问他篮子里是什么，汉斯就回答：

"里面是苹果，公主吃了病就会好的苹果。"

矮子说："你说什么就是什么，随你的便。"

可是宫廷的守卫不让汉斯进去，他们说已经有两个人来过，口口声声说带了苹果来，结果一个拿了青蛙腿，另一个拿了猪鬃。

汉斯苦苦恳求，说他带来的确实是整个王国里长得最美丽的苹果。

他说得头头是道，守卫看他傻傻的，觉得他不会撒谎，于是让他进去了。这一次，守卫做了正确的决定，因为汉斯在国王面前把篮子的盖揭开时，里面装的果然是金黄色的苹果。

国王见了苹果十分高兴，立刻叫人拿给女儿。此刻他忐忑不安地等待着下人报告苹果的效果。

没过多久，有一人前来报告情况，你们猜，这人是谁呀？原来是公主自己。她一吃苹果，病立刻就好了，她从床上一跃而起。国王高兴的心情，难以用文字来形容。

可是现在，国王却不愿意把女儿嫁给汉斯了。他要求汉斯先建造一只能在陆地上比在水上驶得还快的小船。

汉斯爽快地答应了这个条件。回到家中，他便把事情的经过一五一十地说了。

于是父亲派大儿子乌雷到森林里去，建造国王说的那种小船。

乌雷勤快地干了起来，嘴里还吹起口哨。到了中午时分，烈日当头，这个时候头发花白的矮个儿又来了，他问乌雷在干什么。

乌雷说道："在做木头用具。"

矮个儿说，"你说做什么就是什么，随你的便。"

到了晚上，乌雷自认为已经造好了一只小船，可是当他坐到里面，才发现这只是个木头用具，根本无法在陆地上行驶，更别提行驶速度比在水中还快了。

第二天，塞梅到树林里去，遭遇了跟乌雷完全一样的情况。

第三天，傻瓜汉斯到林子里去了。他十分认真地做着小船，整个林子里回荡着伐木的声音。他一面唱歌，一面兴高采烈地吹着口哨。

这天中午，天气非常炎热，矮个儿又来问他在干什么。

"我在建造一只小船，它在陆地上行驶的速度要比在水里快。如果造成了，我就能同公主结为夫妻。"

"哦，"矮个儿说，"应该这样，以后也应该这样。"

傍晚，金黄色的太阳快下山时，汉斯便把小船和用具都建造好了，他坐在船里，划着桨驶向王宫。小船行走的速度跟风一样快。

国王在很远的地方就看到了。可是他依然不肯把女儿嫁给汉斯，他又想出一个主意，让汉斯看管一百只兔子一整天，如果丢掉一只，他和公主便不能结婚。

汉斯答应了。

第二天，他带了一百只兔子到草地上去，小心翼翼地看管着，不让一只兔子丢失。

过了几个钟头，宫里来了一名侍女，对汉斯说，宫里来了一位贵宾，要用兔子来招待他。汉斯知道她的意思，可他无论如何也不给侍女一只兔子，并且建议她最妙明天再用胡椒炒兔子去招待贵宾。可是侍女不肯放弃，最后哭了起来。

汉斯见她哭了，就说："如果公主自己来这儿，我就交给她一只兔子。"

侍女回到宫中，如实告诉了公主所发生的事情，公主就亲自过来了。

这时，矮个儿又来看汉斯，问汉斯在做什么。汉斯说：

"哎，我得看管一百只兔子，一只也不能够丢失，这样才能够和公主结婚，以后做国王"。

"这个简单，"矮个儿说，"这里有一只哨子，如果有一只兔子丢失了，只要你一吹，它就会立刻跑回来。"

这时公主来了，汉斯便将一只兔子放在公主的裙子里。公主只走了一百步，汉斯就吹起哨子，于是兔子就从裙子里跳了出来，回到兔群里。

到了晚上，看守兔子的汉斯又吹了一次哨子，重新清点了一下，发现一只都没少，于是他赶着兔子回到宫殿。

国王见了十分吃惊，没想到汉斯这么有本事，能够看管一百只兔子，却一只也没有丢掉。

不过国王仍不愿意把女儿嫁给他，他又想出了一个主意，让汉斯一定要把大鹏鸟尾巴上的羽毛取来。

于是汉斯急忙出发，飞一般地向前走。

晚上，他走到一座城堡前，请求在里边住一晚，因为那时还没有旅馆。城堡的主人非常高兴地接待了他，并且问他要去哪儿。汉斯回答说；

"我要去找大鹏鸟！"

"哦，原来是去找大鹏鸟！大家都说，大鹏鸟无所不知，我正好丢失了一把开钱箱的钥匙，你找到大鹏鸟时，帮我问问它，在哪儿能找回钥匙。"

"好的，"汉斯说，"我一定帮你问问。"

第二天一早，他便继续赶路。傍晚时，他路过另一个城堡，又在那里住了一晚。城堡主人听说他要去大鹏鸟那儿，于是告诉他家里有一个女儿生病了，吃了各种药都不见效，拜托汉斯问问大鹏鸟，怎样才能够让女儿恢复健康。

汉斯说他非常乐意办这件事，于是他又继续上路。

不大一会儿，他来到一条小河边上，那里没有渡船，只有一个身材非常健硕的汉子把人们背过河。

那汉子问汉斯要去哪儿，汉斯说：

"去大鹏鸟那儿。"

"哦，如果你见到了大鹏鸟，"汉子说，"就帮我问问，为什么我应当把所有的人都背过河去。"

"好，我一定为你办好这件事。"汉斯说。

于是大汉把汉斯背过了河。

汉斯终于来到大鹏鸟家里，可是当时大鹏鸟却不在，只有它的妻子在家。

汉斯告诉了大鹏鸟的妻子他的来意，说他想要大鹏鸟尾巴上的一根羽毛；还有一个人在城堡里丢掉了打开钱箱的钥匙，他要问大鹏鸟钥匙在哪儿；另一个城堡的主人的女儿生病了，他想知道如何才能够治好女儿的病；再有，离这儿不远的地方有一条河，那边有一个汉子要把所有人背过河，他非常想知道为什么一定要把众人都背过河。

大鹏鸟的妻子听了他的话说：

"你得知道，我的好朋友，凡是基督教徒，都不能同大鹏鸟说话，否则它会把他们都吃掉的。如果你非得这么做，那么你得藏在床底下，夜里当它一睡熟，你就伸出手把它尾巴上的羽毛拔下来一根，你想知道的所有事情，我能帮你问问它。"

汉斯听了以后十分高兴，就藏在了床底下。

晚上，大鹏鸟回来了，一进房间就说：

"夫人，我闻到一个基督教徒的气味。"

"嗯，"大鹏鸟的妻子说，"今天的确是来了一个，不过他已经走了。"

大鹏鸟就没有继续说什么。

半夜里，大鹏鸟打起呼噜来，汉斯从床底下伸出手来，拔走了它尾巴上的一根羽毛。大鹏鸟十分惊慌，说：

"夫人，我闻到一个基督教徒的气味，也感觉到有人在拔我的羽毛。"

于是它妻子说："你一定在做梦！我已经跟你讲过了，今天来过一个基督教徒，不过他已经走了。他还跟我讲了一些事。有一座城堡，里面有个人丢掉一把开钱箱的钥匙，找不到了。"

大鹏鸟说："唉，真是个大笨蛋！钥匙在木材间门后面的一堆木头底下啊！"

"那人还说，另一座城堡里有一个女孩子病了，没有大夫能把她的病治好。"

大鹏鸟说："哎，笨蛋！地窖的石阶底下有一只癞蛤蟆，它用那女孩子的头发做了一个窝。只要把头发拿回去，她的病就会好的。"

"那人又说，不知道是什么地方有一个汉子，他必须把所有的人背过河去。"

大鹏鸟说："哎，笨蛋！只要有一次他把一个人放在河中央，他就不需要再背别人了。"

一清早，大鹏鸟就起身飞走了。

这时汉斯从床底下钻了出来，他手里拿着一根漂亮的羽毛，大鹏鸟说的关于钥匙、女孩还有河边汉子的事，他全部都听到了。雌鸟又把各件事重说了一遍，以免他忘了。

　　于是汉斯踏上回家的路。他先遇见了河边的汉子，汉子立刻问他大鹏鸟说了些什么话。汉斯对他说，他必须把他背过河后，才能告诉他。于是汉子把他背过河。

　　到了河那边，汉斯就说，他只要把一个人放在河中央，以后就不用再背别人了。汉子听后非常高兴，对汉斯说，为了表达谢意，他还要继续再背他一次。

　　汉斯谢绝了他，叫他别再为这事辛苦了，对他所做的，他已经非常满意了，说完他继续往前走去。

　　他来到那个有一个女儿生病的城堡。由于那个女孩不能够走路，所以他背着那个女孩，走下地窖的石阶，在最后一级石阶下取出蛤蟆窝，放在女孩手里。女孩立刻从他的肩上跳下来，走上石阶，她完全恢复健康了。

　　这时女孩的父母亲都十分高兴，送了很多金银类的东西给汉斯，他要什么，他们就给他什么。

　　很快汉斯又来到另一座城堡。他走到木材间，在门后的一堆木材里找到了钥匙，并且交给主人。主人十分高兴，为了表示感谢，他从箱子里拿了很多金子以及各种各样的东西，如母牛、绵羊等送给汉斯。

　　汉斯带着钱币、金银、母牛、绵羊还有山羊来见国王。国王就问汉斯，这么多的东西都是从哪儿弄来的。汉斯说："你要什么，大鹏鸟就会给你什么。"国王心想，这消息真是太有价值了，于是他出发去见大鹏鸟。国王走到河边，他是汉斯走后第一个到这里的人。可是汉子背上他后，把他放在河中央，径自走了，国王不会游泳，最后淹死在河中央！

　　这样，汉斯顺利地与公主结为夫妻，并且当上了国王，统治这个国家。

金鸟

很久以前，有一位国王，在他的宫殿后边建造了一座美丽的花园，花园中有一棵能结金苹果的树。当苹果成熟时，国王命人将它们一一记数，没想到第二天早上发现少了一个。国王得知后，命令每天夜里都要有人在树下看守。国王有三个儿子，当天晚上他派了大儿子去花园里看守，可是到了半夜，他就熬不住睡着了，第二天早晨苹果又少了一个。接下来二儿子奉命去看守，可他的情况同样糟糕。钟敲十二点时他也睡着了，早上又少了一个苹果。现在轮到第三个儿子了，他也做好准备去看守，可是父亲却不怎么相信他，觉得他会比两个哥哥差得多，不过最后还是让他去了。小伙子躺在苹果树下，睁着眼睛就是不向睡魔低头。刚到十二点，空中忽然传来"嗖嗖嗖"的响声。借助月光，他看见一只小鸟儿飞了过来，浑身的羽毛全是金灿灿的。小鸟缓缓地停落在苹果树上，刚啄下一只金苹果，小伙子就一箭射去。小鸟虽然飞走了，可箭射中了它的翅膀，一片金羽毛落到了地上。小伙子捡起这片金羽毛，第二天早上交给国王，并且向他汇报了昨夜里看见的情况。国王召集大臣们商量，每个人都说这样一片羽毛比整个王国还珍贵。国王说："这片羽毛的确非常贵重，可是对我没多大用处，我要抓住那只金鸟！"

大王子立刻出发了。他认为自己非常聪明，绝对能够抓到那只金鸟。他走了一段路，发现树林边上蹲着一只狐狸，就举起枪瞄准它。狐狸忙喊："别开枪！我给你一个忠告。你去找金鸟的路是走对了。但今天晚上你会走进一座村子，村子里开了两家旅店，他们对门。一家灯火通明，热热闹闹，但你不能进去，反而得住另一家店，尽管它给你的印象不好。""一头蠢畜生能给我出什么好点子啊？"大王子想，于是扣动扳机向狐狸射去，可并没射中狐狸，它尾巴一翘，就蹿进了森林。大王子继续赶路，傍晚走到了那个有两家旅店的村子。一家店里又是唱歌又是跳舞，而另外一家看上去却非常冷清、寒碜。"如果我住进那家寒酸的旅店，而对漂亮的这家放着不理睬，那才是个笨蛋！"他想着。然后，他进了热热闹闹的这家，在里边吃喝玩乐起来，把那只金鸟、把他的父亲以及父亲的所有教导忘得一干二净。

　　过了一段时间，国王没有看见大儿子回来，于是就让二儿子也去找金鸟，他像老大一样碰见了狐狸，狐狸也给了他忠告，他却没在意。到了那两家旅店前，他看见一家挺热闹，而且哥哥在窗口叫他，他禁不住吸引，也走进去只顾享乐起来。

　　又过了一段时间，小王子也想去找金鸟，国王却不同意。"不行啊，"国王说，"你的两个哥哥都找不回金鸟，你肯定也找不到！要是再遇上什么不幸，你是无法应对的，兄弟三个中数你最笨。"可是，小王子一直吵着要去，国王无可奈何，只好让小王子去抓金鸟。他在森林边上也发现那只狐狸，狐狸向他求饶，给了他一样的忠告。小王子心肠非常好，说："不要害怕，小狐狸，我是不会伤害你的。""这样做才是明智的，"狐狸回答，"骑到我的尾巴上来吧，这样能够早点到达那里。"小王子刚一骑上，狐狸就飞跑起来，穿过了树林和岩石，毛在风中嗖嗖地飘着。到了那个村子，小王子从狐狸尾巴上下来，依照狐狸的忠告，头也不回地进了那家寒酸的旅店，在里边静静过了一夜。第二天早晨他走出店外，发现狐狸早已久候在店外，狐狸对他说："我再教你接下去该如何做。你要一直往前走，最后会走到一座宫殿前面。在那儿躺着一大群士兵，他们都在睡觉，不过千万别吵醒他们。要从他们中间穿过去，一直走到宫里，穿过所有的厅堂，到一个房间，房间里的一个木笼子中就关着那只金鸟。在木笼子边上还摆着一个当装饰的金鸟笼，空空的，可你要注意，别把金鸟从它待的破笼子里拿出来，放到那个华丽的笼子里去，否则你会倒霉的。"狐狸说完又伸长了尾巴，小王子一骑上去，它便飞跑起来，跃过树桩跃过岩石，毛在风中飘得嗖嗖直响。到了宫殿前，他发现情况跟狐狸说的一样。他走进那间房间，发现关着金鸟的木笼子旁边果真还有一个金鸟笼。可是三个金苹果却胡乱扔在地上。小王子想，真可笑，为什么把如此美丽的金鸟关在这样一个普通难看的木笼子里呢？于是他打开木笼门，把小鸟捉出来放进金笼子中。谁知就在那一瞬间，那鸟发出一声响彻山野的鸣叫，士兵们醒了，冲进来把他关进了监狱。第二天他被送上法庭，他把所做的一切都说了，结果被判了死刑。不过该国的国王说，他能够饶他的命，条件是小王子得弄匹金马来，这匹金马要跑得比风还快。如果他做到了，国王会将金鸟送给他作为奖励。

　　小王子出发了，一路上心情都非常沉重。怎么才能找到金马呢？正在这时，他忽然看见自己的老朋友狐狸蹲在路边。"你看，"狐狸说，"这就是你不听劝告的下场！不过，别担心，我会继续帮助你，告诉你怎么找到那匹金马。你一直往前走，走到一座宫殿里，金马就拴在那儿的马厩里。马厩前躺着一些马夫，他们都睡着了，你能放心大胆地把马牵走。可是，你一定得记住，要给它装上用木头和皮革做的破鞍子，绝不能够装挂在旁边的金鞍，否则你还会倒霉的！"狐狸说完之后伸长尾巴，小王子一骑上，它便跃过树桩，跃过岩石，跑得毛在风中嗖嗖直响。情况果然和狐狸讲的完全一样。他走到了拴着金马的厩舍。他正要给马装上那副木鞍子，心里却左右为难：这么漂亮的骏马应该配上一副好鞍啊！于是他决定给它配上一副金鞍子，可是那马刚一挨着金鞍子，立刻大声嘶鸣起来，马夫们全醒了，抓住小王子把他扔进了监狱。第二天他又被法庭判了死刑，不过国王又饶过他的命并且送给他金马，条件是他必须去金宫殿把那位美丽的公主带来。

小伙子心事重重地上了路，很快又找到了那只忠实的狐狸。"我本来该让你倒霉的，"狐狸说，"不过我还是同情你，决定再帮你一次。沿着这条路，你一直走，半夜时分你就能够到达金宫殿。等夜深人静了，美丽的公主就会去浴室里洗澡。她一走进来，你立刻冲上去吻她一下，她就会心甘情愿地跟着你，那时你就能带她走了。可是，你必须果断地带她离开，而不能让她与她的父母道别，否则你还是会遭殃的！"狐狸说完伸长尾巴，小王子骑上去，它便跃过树桩，跃过岩石，快得毛在风中嗖嗖直响。到了金宫殿，小王子发现情况和狐狸说的一样。他等到半夜，所有人都睡熟了，美丽的公主果真走进浴室，他便跳上去给了她一个吻。公主说，她同意跟他一起走，只是哭着请求他让她和父母告别一下。小王子开始不肯答应，可她越哭越厉害，哭得跪在了他的脚下，他看公主可怜，让步了。谁知公主一走到父亲床前，国王和宫里的所有人都醒了，小王子被送进了监狱。

第二天国王对他讲："你的命是保不住了，除非你能把我窗前这座山搬走。它挡住了我的视线。而且，你只有八天的时间了。你如果成功了，我就把女儿赏给你。"于是王子便不停歇地开始挖起来。可是过了七天，他只搬去了很少的一部分，所有辛苦都跟白费了一样，他不禁非常难过，放弃了希望。直到第七天晚上，那只帮助过他的狐狸来对他说："我本来是一点都不同情你的，可是看在你当初没有杀我的分上，我再帮你最后一次。你去睡觉吧，我替你把这座山搬走。"第二天，他醒来往窗外一瞧，山没有了！小王子非常高兴，急忙去报告国王，事情办到了。国王也不好反悔，只好实现诺言，把女儿赏给他。

　　他俩一起往回走，没走多一会儿又碰到了那只忠心的狐狸。狐狸对他说："你虽然得到了美丽的公主，可是，必须有金马来配金宫殿的公主。""那我怎样才能够得到金马呢？"王子问。"这个嘛，我来告诉你，"狐狸回答，"你先把漂亮的公主带到派你去金宫殿的那位国王那里。他一定会非常高兴，赏给你金马，并且让人牵它到你面前。你要快点骑上去，和大家握手告别，最后伸手一把抓住公主，拉她上马，飞快地跑出来。没有人能够追上你的，因为这匹马跑得比风还快。"

　　事情进行得非常顺利，王子已经骑着金马，带着美丽的公主往回走。狐狸呢，也跟着他们，它对小王子说："现在我还要帮你得到金鸟。你走到关着金鸟的宫殿，就让公主下马，我来保护她。你骑着马进宫里的院子，人们见到你一定特别高兴，会把金鸟拎出来给你。你拿到笼子立刻飞奔来我们这里，接走你这位美丽的公主。"狐狸的计谋又一次成功了，王子带着他的公主还有金鸟，准备骑着金马回家去。这时狐狸却说："我帮助了你，现在你应当报答我了。""你想要什么呢？"王子问。"等我们到了那边的森林，你就开枪打死我，砍掉我的脑袋还有爪子！""这怎么能算报答呢？"王子说，"我不能这样对你。"狐狸说："既然你不愿意这样做，那我就必须得离开你，不过在走之前我再给你一个忠告。有两件事你不能做：一不能买绞架上的肉；二不能坐在井边！"话音刚落，狐狸便跑进了森林。

　　小王子想：这真是只奇怪的狐狸，满脑袋莫名其妙的念头！谁会去买绞架上的肉呢？我一辈子也没产生过去井边上坐坐的兴趣呢。他带着美丽的公主接着往前走，又来到了两个哥哥待过的那座村子。这时村里聚集着很多人，热热闹闹的。他打听那里出了什么事，听说是有两个家伙要被绞死。他走过去一看，那两个人就是他的哥哥。他俩花天酒地，把自己的钱财花了个精光。他问能不能释放他们。"只要您肯替他们还债,"人家回答,"可是,您干嘛为这两个坏蛋浪费金钱,替他们赎身呢?"小王子说:"因为他们是我的哥哥。"他毫不犹豫地替哥哥们还了债,等他们得到释放,就一块儿回家去。

一行人走到他们当初碰见狐狸的那片森林。森林里微风拂面,极为凉爽,林外却被太阳晒得不行。两个哥哥说:"咱们在这井边休息,喝口水,吃点东西吧。"小王子同意了,不知不觉地坐到了井沿上,把狐狸的忠告忘得一干二净。根本不知道他的两个哥哥会从背后一推,把他推到井中,抢走了公主、金马还有金鸟,回父亲那里去了。"瞧,我们不但捉来了金鸟,"他们说,"我们还搞到了金马还有金宫的公主呢!"父子三人极其开心。可是,从那以后,那匹马却不吃草料,那只鸟也不开口鸣啭,那位公主只是坐着哭啊,哭啊。

小王子呢?他还没有死。幸好井是枯的,他摔到软软的苔藓上,没有受伤,只是出不来了。在眼下的困境里,忠心的狐狸依然对他不离不弃,还是跳下井来骂他不该忘记它的忠告。然后说:"我没办法看着不管,帮你逃出枯井吧。"它让小王子抓紧它的尾巴,把他拽了上去。"你现在还没脱离所有危险,"狐狸对他说,"你的那两个哥哥不确定你已经死了,便派兵把森林包围了起来,只要你一露面,他们肯定会杀掉你。"这时,正好路旁坐着一个穷汉,小王子和他调换了衣服,变装回到宫里。谁都没认出他就是小王子,只是小鸟开始鸣叫了,金马吃起草来了,美丽的公主也停止了哭泣。国王奇怪地问:"为什么会这样呢?"公主回答:"我也不知道,我刚才非常难过,现在却非常高兴了。我感觉,我真正的未婚夫已经到了。"尽管两个大王子曾威胁她,如果走漏一点风声就把她杀死,她还是勇敢地把途中发生的事一一向国王说了,国王命令召来宫里所有的人,两个没心没肺的哥哥被抓起来处死了。小王子穿得破破烂烂地混在人群里，可是公主一眼便认出了他，扑到他的怀里。小王子和美丽的公主成了亲，做了国王的继承人。

那只狐狸怎么样了呢？很久以后，小王子又走进森林，忽然那只狐狸跑来对他讲："你现在得到了一切，可是我却得忍受那没完没了的不幸，只有你才能够让我脱离这困境。"所以它又一次央求王子开枪打死它，把它的脑袋还有爪子砍了。王子都办到了，谁知狐狸立刻变成一个人，原来他就是美丽公主的哥哥，正是小王子将他身上的魔法解除了！从此，他们生活得幸福美满，永远都是这样。

农夫和魔鬼

很久很久以前，有一个小个子农夫，在山里开垦出了一大片土地，种植粮食，他非常勤劳，也非常聪明。

有一次他在耕完地时，天已经黑了，他收拾农具准备回家，突然发现地里有一堆燃烧着的煤，上面坐着个黑鬼。

农夫问道："你怎么跑到我的地里来了？你是不是正坐在一堆宝藏上面？"

"是的，我正坐在宝藏上面，下面全是金银财宝。我打赌，你这一辈子也没有见过这么多的财宝。"

"这个宝藏既然在我的土地下面，那理所当然属于我。"

"你说得对，这个宝藏是属于你。不过有一个条件，就是两年时间里地里所产的东西有一半归我所有就行了。"

"好啊，我出一个主意，地里所产的东西这样分配，地面以上的归你，地面以下的归我。这样各占一半。行吗？"

"这是个不错的主意，就这样办好了。"

农夫开始播种，他专门到市场上买来了萝卜种子，不久，土地一片郁郁葱葱的绿意，魔鬼看了非常高兴，农夫心里更高兴。丰收季节到了，地面以上只剩下枯萎的萝卜枝叶，地面之下却是硕大的萝卜，农夫用了好多马车才把萝卜全部运到市场上去卖掉，魔鬼什么也没有得到。

麦秆、煤和豆子

冬天，一个老太婆和小孙子坐在火炉旁挑选豆子，把好的放在碗里，坏的扔给守在一旁的小母鸡。

"哦，亲爱的祖母，为什么每颗豆子的身上都有一道黑线呢？好奇怪啊！"小孙子问。

"这可是一个非常有趣的故事哦，"老太婆笑着说，"与麦秆和煤有关。"接着，她就讲起了这个故事。

很久以前，有个农妇，她从地里采了一些豆子，准备用来做一道菜。她先把灶膛里的煤点燃，为了让火燃得更旺一些，她又往里面加了一大把麦秆，一根麦秆从她的手指缝里掉了出来，掉在地上；当她往锅里倒豆子的时候，一颗豆子趁她没注意，从锅里蹦了出来，落在麦秆旁边；过了一会儿，一块烧得通红的煤从灶膛里滚出来，落在它们旁边。

"亲爱的朋友们，你们从什么地方来？"麦秆最先开口说话。

豆子回答说："我从锅里蹦出来的，否则，就和我的同伴们一样，被烧成一道菜。真是太幸运了。"

"我又何尝不是呢？差点被烧成灰。"煤骄傲地说，"如果不是我奋力逃走的话。"

"我的命运还不是和你们一样。我是侥幸从女人的手指缝里溜下来的。"麦秆说，"唉，我的同伴们这个时候已经变成一阵烟了。"

　　"既然我们好不容易保住了性命，"豆子说，"我们就应该像好朋友一样团结起来，离开这儿，逃到一个安全的地方去。"

　　这个主意得到了麦秆和煤的赞同，它们一块儿溜出门，上路了。

　　走了不久，它们来到一条小溪边，溪水一路欢笑着流向远方，它唱道："这儿没有桥，也没有跳板，只有小鸟能飞过去。"

　　豆子、麦秆和煤聚在一起仔细商量。最后，麦秆说："我能横在小溪上当桥，你们从我身上走过去。"

　　煤的性情非常急躁，麦秆刚横躺在小溪上，它就第一个跳了上去。可当它走到一半的时候，听到脚下流水的哗哗声，看到一个个飞溅的浪花，心里害怕得要命。它不敢往前走，也不敢往后退，只好待在那儿不动。这下可糟糕了，麦秆被煤点燃了，烧成两截掉进水里被冲走了；煤也同时掉入水中——像所有炽热的煤块落在水里一样——发出"嘶嘶"的几声就没命了。

　　因为豆子做事小心谨慎，不像煤那样冲动，这时它还站在岸边，当它看见眼前发生的一切，忍不住大笑起来，停也停不下来，因为它笑得太厉害了，一下子把身体笑成了两半，倒在地上。

　　这时，正巧有一个善良的裁缝在小溪边歇脚，否则豆子就没命了。裁缝用针线将豆子的身体缝了起来，因为裁缝的线是黑色的，所以，后来豆子身上就有一条黑缝。

　　"哈哈哈……"小孙子听了之后忍不住大笑起来。

　　"当心把你的身体笑成两半！"老太婆警告他说。

三个纺线的女人

很久很久以前，有一个懒女孩，不论母亲怎样说她应该纺线，她就是不肯。最后母亲实在忍不住了，就用树枝抽她，她号啕大哭起来。恰巧这时王后乘车经过她家，便吩咐停车，问母亲为什么这样凶狠地打女孩。母亲不好意思说出女孩懒惰，不肯纺线，就反过来说道："唉，她老是闹着要纺线；我非常穷，亚麻常常供不上她。"

王后说："这好办。我最爱听纺线的嗡嗡声，你买不起亚麻，就把你的女儿给我，我带她到王宫去。我有的是亚麻，尽管让她高高兴兴地纺好了，爱纺多少，就纺多少。"母亲高兴地答应了。于是王后把女孩带走了。

到了王宫，王后带女孩看了三个屋子。那里堆满了亚麻，从地板堆到了天棚，都是上等的亚麻。

王后说："你就敞开来纺这些亚麻吧，你若纺完了，就能够同我的大儿子结婚。你虽出身贫家，我并不在意；你的勤劳就是最好的嫁妆。"

女孩一听，大吃一惊。因为她还没学会纺亚麻，而且就算她再活三百岁，她也没办法把这三屋子亚麻都纺完。王后走后，她坐在地上哭起来，一直没有动手。

三天后，王后来了，见她一点也没纺，心里非常纳闷。女孩请求原谅，说她第一次离开母亲，心情忧闷，无心工作。王后默不作声，可是临走时她严厉地说："明天你必须开始纺线！"

女孩独坐屋中，不知该如何是好。她烦闷地走到窗户，往外一看，看见三个女人走来。这三个女人长得奇丑无比：第一个有一只宽大的扁平脚；第二个下嘴唇非常大，垂下来，把下巴都遮住了；第三个有一个大拇指非常宽，像鸭子的蹼。她们站在窗台下往上面看，问女孩有什么烦恼。

女孩向她们诉说了自己的困难处境，她们自告奋勇要帮助她，并说："如果你在结婚的时候，请我们去观礼，不嫌难为情，说我们是你的姑妈，请我们吃喜酒，那么，三天我们就能够帮你把所有的亚麻纺完。"

女孩答应了，偷偷放她们进来。她们在第一间屋子腾出块地方，开始纺线。长着扁平脚的女人抽出亚麻，踩着纺轮踏板；长着大嘴唇的女人润麻丝；长着宽大拇指的女人捻麻丝。她们各自用自己的身体特长，大显神通，纺得飞快，而且格外精细。

王后来察看时，女孩把三个女人藏了起来。王后见纺得又快又好，赞叹不止。第一间屋子的亚麻纺完了，她们就转移到第二间屋子，最后第三间屋子的亚麻也很快纺完了。

三个女人告别了，临行时还叮嘱女孩说："不要忘记你答应我们的话，那将使你赢得幸福。"

王后验收了纺出的线，就为大儿子和女孩举行婚礼。

新郎非常高兴，认为自己得到了一个伶俐勤劳的妻子，对她大加称赞。她说："我有三个姑妈，她们从小待我非常好，我请求你们允许她们来参加我们的婚礼，并且请她们吃喜酒。"王后和新郎说："我们为什么不答应呢？"

宴会开始了，那三个纺线女人穿着稀奇古怪的衣服走进了大厅。新娘迎上前去，向大家介绍说："这就是我常向你们提到的，我的三位亲爱的姑妈。"又转向"姑妈"说："欢迎你们来参加侄女的婚礼。"

　　新郎嘴上喊着欢迎，心里却在嫌她们长得太丑，有些吓人。后来他抽空走到长着扁平脚的女人跟前问："你的脚为什么这样宽？"她回答说："因为踩纺轮踏板。"新郎到第二个女人跟前说："你的嘴唇为什么垂下来？"她回答说："因为润麻丝。"他又问第三个女人："你的大拇指为什么这样宽？"她回答说："跟她们一样，因为捻麻丝。"

　　王子听了，大吃一惊说："啊，太可怕了！从现在起，我再也不让我美丽的新娘碰一下纺车了。"

　　从此，她彻底摆脱了那讨厌的纺线工作。

好生意

市场上，一个农夫把他的一头母牛卖了七个塔勒（钱币名），非常高兴。他往家走的时候，路过一个池塘，老远就听到青蛙不停地叫着："阿克（字音近似德文的"八"），阿克，阿克，阿克。"他自言自语说："嘿，你们叫得全没有道理，我卖的钱是七，不是八！"

他走近池塘边，冲水中青蛙们叫道："蠢家伙，告诉你们，我卖了七个大塔，不是八个！"

青蛙鼓着眼睛，照旧叫着："阿克，阿克，阿克，阿克。"

"你们不相信吗？我能数给你们看。"他说着，从衣袋里掏出钱来，数那七个大塔，他总是二十四个格洛申一数；因为一大塔等于二十四格洛申。

青蛙可不管他数不数，依然兴致勃勃地叫着："阿克，阿克，阿克，阿克"。

农夫十分生气："唉，你们怎么这样固执，如果你们知道得比我还清楚，把钱拿去，自己数好了。"

于是他把钱一个接着一个地扔到水里，然后站在岸边一动不动。仿佛在等它们数完了，把钱还给他。

可是这是不可能的。没有一个青蛙去理会那抛过来的钱币，却仍不住声地叫着："阿克，阿克，阿克，阿克"。

他等了很久，钱也没回到岸上来。到了晚上，他要回到家了，就大骂青蛙说："你们这些傻大头、鼓眼泡！你们的大嘴叫得人耳根发麻，却连七个塔勒都数不清，这就是你们的本事吗？你们认为我会在这儿站一夜，等着你们数完吗？"

他说着，拂袖而去。青蛙还是在身后叫着："阿克，阿克，阿克，阿克。"他十分烦恼，捂着耳朵回了家。

过些日子，这农夫买了头母牛杀了，打算卖牛肉。他计算着，如果牛肉卖得好，能得到两头牛的价钱，而且还净赚一张牛皮。

他推着肉进城了，城门前有一大群狗向他跑来。最前头的是条大猎狗，鼻子非常灵，围着肉车转悠，闻了闻，抬头叫道："瓦思，瓦思，瓦思，瓦思！"

农夫说："你一个劲问这是什么，其实你也知道是肉，只不过让我给你一些罢了。可是给了你，我可就要少卖钱了。"

那狗还是叫着："瓦思，瓦思！"农夫说："给你一点还不算，难道还让我照顾到你所有的伙伴吗？"狗说："瓦思，瓦思！"农夫来劲了，大声说道："嘿，如果你固执己见，我索性把肉都留给你！不过我告诉你：我认得你，知道谁是你的主人；你在三天内必须把钱送到我家去，否则，我叫你吃苦头！"

然后他把肉全卸下来，推着空车回家去了。那群狗一齐向肉跑来，大声叫着："瓦思，瓦思！"农夫在远处听到了，自言自语说："嘿，现在不叫了，都开始大吃了。不过，我要向那条大猎狗结账。"

三天到了，农夫想："晚上我口袋里就有钱了。"想到这儿，他喜不自胜。

可是，没有人，也没有狗给他送钱来。他说："世上怎么会有这种人？"他终于忍不住了，找上门去，向屠夫要钱。

屠夫认为他是在开玩笑，农夫非常认真地说："不跟你开玩笑，我要牛肉钱！三天前你的大狗吃了我的牛肉，再说，它吃不完的，没拿回来给你吗？"

屠夫生气了，抓过一把扫帚把他赶出去。农夫说："你等着瞧，世界上会有主持公道的地方！"他就到王宫喊冤告状去了。

他被叫到国王面前，国王的女儿也坐在旁边观看，问他遭受了什么苦难。他说："国王啊，青蛙和狗把我的东西拿去了，屠夫却不肯给我钱，还拿扫帚打我。"于是，他把前前后后的经过如实说了一遍。

公主听了，笑得满脸红扑扑的，在那里前仰后合，显得天真可爱。国王说："哦，这件事我无法给你主持公道，可是我能答应你和我的女儿结婚。因为她除了对你以外，生来还没有向任何人笑过。我曾立过凤愿，要把她嫁给使她发笑的人。你应该感谢上帝赐予你这个幸福。"

农夫摇着头说："不，不！我不要她。我家里有一个妻子，我已经嫌多了。我一回到家，总感觉每个墙角都站着一个妻子。"

国王恼怒地说："你真是个粗鲁的东西！"农夫却不介意地回答："唉，国王，一条公牛只能够供给你牛肉，你还能指望它给你别的什么吗？"国王咬着牙齿说："等着吧，你会得到别的报酬。现在你回去吧，三天后你再来，我会足足给你五百。"

农夫走出来，卫兵凑上前说："你逗笑了公主，要交好运了。"农夫说："是的，我想是这样，国王说三天后他要给我五百嘛。"卫兵说："喂，兄弟，你听我说，请你分一点给我吧，你要那么多钱干什么！"农夫说："既然你都这么说了，我答应匀给你二百，三天后你直接向国王去要好了。"

他们的谈话被身边站着的一个犹太人听到了，农夫走后，犹太人尾追过来，说："喂，上帝永远保佑像你这样的幸运儿！老兄，你要那些硬大勒是没有用的，我这里有非常多小钱币，同你交换吧。"农夫说："你这个臭机灵鬼，那么你把小钱币拿来吧，那三百在三天后由国王付给你。"犹太人果然机灵，他拿了数量相当的格洛申，但每个都破损，三个只能够顶两个，给了农夫。

三天到了，农夫按国王的命令如期来到了王宫。国王对堂前的打手说："脱去他的衣服，让他得到他的五百。"农夫见状，急忙说："啊，国王，那已经不是我的了：有两百我送给了你的一个卫兵，其余三百我也换给了犹太人。"这时，那卫兵和犹太人恰好赶到，要求农夫如数给他们钱，于是他们分别挨了板子。

那卫兵还勉强忍受住了，因为他吃过这味道；那个犹太人可就苦透了，大叫："哎呀，这哪里是硬大勒?!"

国王忍俊不禁，一切愤怒也就烟消雾散。他说："嘿，因为你的报酬还没得到就失掉了，我决定给你补偿。这样吧，你到我的金库去拿钱，想拿多少随你的便。"

农夫没等国王说第二遍，就去了，他尽其所能，拿了足够多的钱。

现在，他要去客栈数他的钱去了。

犹太人悄悄尾随着他，听到他叨咕说："国王是流氓，他骗了我！他说过要数五百给我，现在却要我自己拿，我怎么晓得我这是拿了多少呢?"犹太人心里说："上帝保佑，他说了侮辱国王的话，我现在就去报告，还怕得不到奖励吗?"

国王听了报告，十分恼怒，叫犹太人速速把那个胆大包天的罪犯传来。

犹太人跑到农夫那里说："你立刻到国王那儿去吧，不必换衣服了。"农夫却说："你认为我不懂得礼节吗？我要叫人先给我做一套新衣服。你想，一个口袋里装满大勒的人，能穿着破破烂烂的衣服去见国王吗?"

　　犹太人看出了，农夫没有一套别的衣服是不会动身的；他怕时间拖久了，国王的怒气消了，他的奖励拿不成，也不会给农夫惩罚，所以他说："我们的友谊这么深厚，我就把自己这身漂亮的衣服暂借给你吧。人为了爱，什么事都能够做得出来的！"

　　农夫非常满意，他换上犹太人的衣服，同他一起面见国王去了。

　　国王向农夫讲了犹太人告密的那些坏话，神色十分严峻。农夫毫不在意地说："国王啊，这犹太人惯于撒谎，很难说出一句真话的。不信，你问他，他甚至会说我穿的这身衣服也是他的呢。"犹太人随即叫道："哎，你这是什么话，难道你穿的衣服不是我的吗？我不是为了让你来王宫这里，才主动借给你的吗？"

　　国王听了这番话，果断地说："一定是犹太人在骗人，被骗的不是我就是农夫。"于是又叫人拿了很多硬大勒补偿给他。农夫穿着那身漂亮的衣服，口袋里装着很多钱回了家。他自鸣得意地说："这一次我干得出色多了。"

生命之水

很久以前有个老国王，他病得很严重，大家都认为他快要死了。他有三个儿子，他们因为父亲生了重病非常伤心，便跑到王宫的花园里去哭泣。

他们碰到一个老人，老人问他们为何如此伤心，他们告诉老人，他们的父亲病得非常重，快死了，可是自己却无能为力。

老人说："我倒知道一种非常神奇的药，那就是生命之水，只要他喝了这水，便会药到病除，但问题是这种药非常难找。"

长子说："我一定会找到它的。"于是他跑去找病重的老国王，请求老国王答应他去找生命之水，因为只有这种水才能治好他的病。

"绝对不行！"老国王说，"这事太危险了，我宁愿死也不要你去。"

可是长子一直恳求，直到老国王表示同意。王子想："只要我把生命之水取来，父王一定会最喜欢我，并且让我做继承人的。"

他立刻便动身上路，当他骑着马走了一段时间后，他在途中遇到一个站在路上的小矮人。

小矮人跟他打招呼道："你为何如此着急地赶路呢？"

"矮子，"王子非常傲慢地说，"你无须知道。"说着，径自骑马走了。

小矮人非常生气，便念了一个恶毒的咒语。

没多久，王子走到一个山谷里，他越是往前走，山峡就越狭小，最后路变得十分狭窄，王子简直寸步难行，这时已无法掉转马头或跳下鞍来，他坐在马上好像被禁锢在那里一样。得病的老国王一直等待着他，但他始终没有回来。

这时次子说："父亲，让我出去找生命之水吧。"他心里却暗暗地想："如果我的哥哥死了，我就是这个王国的继承人了。"

老国王最初也不让他走，但最后还是答应了。次子走上哥哥走过的那一条路。路上他也遇到了那个小矮人，小矮人拦住他问，他这样匆匆地要去哪里。

"小矮人，"老国王的次子说，"这个你用不着知道。"说着便头也不回地径自骑马走了。于是矮子诅咒他，他像他哥哥一样陷入了一个峡谷，进退不得。傲慢的人往往会落到这样的下场。

次子也没有回来，幼子主动要外出去找生命之水，老国王最后迫不得已也让他走了。

他也在路上遇到了那个小矮人，小矮人问他匆匆忙忙去哪里，他停下来对小矮人说："我去找生命之水，因为我父亲病危，只有它才能够治好他的病。"

"那你知道去哪找生命之水吗？"

"不知道。"小王子无奈地说。

"因为你非常有礼貌，跟你那两个哥哥不一样，所以我要给你指点，告诉你如何去取生命之水。那水是从一个魔宫院子的井里喷涌出来的。如果我不给你一根铁棒和两个椭圆形面包，你是进不去的。你用铁棒在宫廷铁门上敲三下，门就会自动打开，门里躺着两头凶猛的狮子，张着血盆大口，如果你给每头狮子的嘴里扔进一个面包，它们就会安静下来，这时你就赶快去取生命之水，一定要记住十二点之前把水取出，否则，大门会重新关闭，而你会被关在里面。"

　　王子向小矮人表示感谢，他拿起铁棒和面包重新出发了。他到了目的地，果然和小矮人说的情形一模一样。在敲了第三下宫门后，门打开了，他把面包扔进狮子的嘴里让它们安静下来，便走进宫去，来到一个金碧辉煌的大厅，里面坐着两个被施了魔法的王子，他拿下他们手上的戒指，并且顺手带走了旁边的一柄宝剑还有面包。

　　他再往前，来到一个房间，房间里站着一个漂亮的公主，她一见他，便兴高采烈地吻他，并说他拯救了她，应该获得她的整个国家。

　　要是他一年后再来，那她就嫁给他。然后她对他说了喷涌生命之水的水井所在位置，在钟敲十二下以前，他得赶快去把水取出来。他继续向前，最后来到一个房间，那里有一张刚刚铺好的漂亮的床铺，由于他已疲惫不堪，想先在床上休息一会。他便躺倒在床上睡着了，当他醒来时，已经十一点三刻了。

　　他惊慌失措地跳起身来，奔到井边，用身边的一只杯子舀起水，然后急忙离开。他刚出铁门，钟便敲响了十二下，大门猛地关上了，把他的鞋后跟撞掉了一块。

　　王子非常高兴，因为他已经取到了生命之水，在他回家的途中，又遇到了小矮人。当小矮人看到宝剑还有面包时，便对他说：

　　"你得到了非常大的一笔财宝，你能用这柄宝剑击败任何一个军队，而这个面包是永远也吃不完的。"

　　小王子一定要找到两个哥哥才肯回家，他说："亲爱的小矮人，你可不可以告诉我，我的两个哥哥在哪里？他们在我之前便出来寻找生命之水，可到现在还没有回家。"

　　"他们被禁锢在两座山之间，"小矮人说，"因为他们太傲慢了，是我念咒语把他们困在那儿的。"

　　于是王子不停地哀求小矮人，最后，小矮人终于答应放了他们。小矮人警告王子说："你要小心他们，他们是没有良心的坏蛋。"

他的两个哥哥回来了，他非常开心，把自己的经历告诉了他们，说他已找到生命之水，并且取了满满一杯，还救了一位漂亮的公主，她愿意等他一年，然后和他结婚，让他统治她的国家。

随后，他们一起骑马走了，来到了一个国家，那里充满了饥荒和战争，国王认为灾难过于严重，国家肯定完了。

于是王子去找国王，借给他面包，让他用面包养活整个王国里的老百姓，他也把剑借给了国王，国王用这剑战胜了敌人的军队，让人民安居乐业。然后王子又拿回面包和剑，兄弟三个继续骑马赶路。然后他们又分别到了两个国家，那里也到处都是饥荒和战争，王子又借给那两个国王面包和宝剑，就这样，他就拯救了三个王国。

然后三兄弟乘船渡海。船在海上航行时，两个哥哥暗中商量："弟弟找到了生命之水，我们没有找到，父亲一定会让他继承王位，他把我们的幸福抢走了。"

两个人决定报复，他们商量好如何陷害弟弟。他们等待着，直到弟弟熟睡之后，他们偷偷地把杯里的生命之水倒出，藏了起来，然后用苦味的海水取代。

当他们回到家里，小王子把杯子里的水递给生病的老国王，希望他尽快恢复健康。老国王喝下一点有苦味的海水之后，病得更厉害了。正当老国王为此叫苦连天时，两个大王子来控告他们的弟弟，说他想把父亲毒死，而他们取来了真正的生命之水，他们把水递给了老国王。

老国王把水喝下，他感到疾病痊愈了，身子变得结实和健康，就跟年轻时一样。

然后两个哥哥去找弟弟，嘲笑他说："你虽然找到了生命之水，可是太笨了，如果你聪明些，就该睁开眼睛。你在船上睡觉的时候，我们就用海水把生命之水换过来了。一年以后，我们中的一人将要和美丽的公主结婚。可你注意了，你不许泄露半点，反正父亲不会再信任你了，如果你不说，我们就饶了你。只要你说出一个字，我们就杀了你。"

老国王十分生气，认为小儿子要毒害他。于是他把廷臣召集过来，商量如何处决他，最后决定秘密将他处决。

一次，小王子骑马去打猎，不知道有人要杀他，国王派了自己的猎人跟着他。当他们两人到了宫外，单独来到森林里时，猎人的脸色变得沉重起来，王子对他说："亲爱的猎人，你为何脸色沉重？"

猎人犹豫地回答："我不能说，虽然我应该说出来。"

于是王子说："说吧，无论是什么，我都不会责怪你的。"

"唉，"猎人说，"国王命令我杀了你。"

王子大吃一惊，说道："亲爱的猎人，你放过我吧，我把自己的王服给你，你把破衣服给我。"

猎人说："好的，我根本不愿杀你。"

于是两人交换了衣服，猎人回到家去了，王子却躲进森林里。

没过多久，有三辆装着黄金和宝石的车子来到老国王面前，说是送给他的小王子的，这三车财物是由小王子曾拯救过的那三个王国的国王送来的，他们要感谢小王子为他们做的一切。

老国王想道："难道我误会我的儿子了？"他对属下说："要是他还活着多好啊，我太后悔让人杀了他。"

"他还活着，"猎人说，"我没有办法违背良心执行您的命令。"他把事情的经过一一告诉了老国王。

这样，老国王就放心了，他向所有王国宣布，允许他的儿子回国，他会好好对待他。

公主派人在她宫前用金子铺筑了一条大道，金光闪闪。她对随从说，谁骑马直接向她奔来，就是她的救星，就让他进来，谁若是从旁边进来，那就不是她要等的人，就不要让他进来。

　　一年即将过去了，最年长的王子想，他要赶快去找公主，假装自己是搭救过她的人，这样他就能与公主结为夫妻，还能够拥有一个王国。于是他骑马出发了。可是当他来到宫前，看到这条金光闪闪的大路后，心里想："如果马蹄踩在这条大路上，该有多可惜啊。"因而他便拨开马头，从右边进去。

　　可是他到了宫门前，人们告诉他，他不是公主的救星，让他离开这里。

　　又过了没多长时间，第二位王子也去找公主了。当他来到这条黄金大路，马儿刚把一只脚踩上路时，他心里想："如果把金路踩坏了，那真是可惜。"于是他也拨开马头，从左边进宫，他来到宫门前的时候，门卫上前告诉他，他不是公主的救星，让他离开这里。

　　一年已经过去了，小王子从森林里出发去找他的爱人。他想到她那里忘掉自己的痛苦。于是他出发了，他一心想着她，迫不及待地想立刻找到她，没有注意到脚下的金路。他骑的马正好走在路中间，他到宫门前的时候，门打开了，公主兴高采烈地出来迎接他，并说他是她的救星，是她王国的主宰，于是他们就此举行盛大的婚礼，过着幸福的生活。

　　婚后，公主告诉他，说他的父亲要他回去，并且不再责怪他了。

　　于是他骑马回到家，告诉父王两个哥哥怎么欺骗了他，可是父亲一声不吭。

　　老国王想惩罚他那两个儿子，可是他们已经乘船逃到海上，从此音讯全无。

学习害怕的故事

从前有一位父亲，他生了两个儿子，大儿子是一个聪明活泼的孩子，什么事情都会，都应付得来，而小儿子却很笨，什么都不懂，什么都学不会。大家一见到这个小儿子，都会说："唉，这孩子真是让他父亲操碎了心！"

如果有什么事情需要两个儿子去做的话，父亲总是习惯让大儿子去做，但是，如果父亲让大儿子晚上或深夜里到外面去取些东西回来，需要路过教堂的墓地，或者让人感到十分害怕的地方的时候，大儿子就会拒绝说："哦，不行，父亲，我可不愿意去，我会害怕的！"因为他最害怕走夜路了，甚至有时，当大家晚上在火堆旁讲故事，讲到让人害怕的地方的时候，就会有人嘲笑他说："哦，快看，他吓得都发抖了！"

这时坐在角落里的小儿子却很不理解，他虽然也听了这令人害怕的故事，自己却没有害怕，他不知道害怕到底是怎么一回事。"你们总是说害怕害怕的，为什么我一点都不害怕？这故事肯定又是你们瞎编出来的，我完全没有听懂。"

有一次父亲对小儿子说："听着，你这个只会待在角落里的小子，你也长得又高又结实了，该去学点东西了，你得学会独立生活。你看看，你哥哥多么聪明，多么肯花精力学习，可是你再看看你自己，你简直已经无药可救了。"

"我明白，父亲，"小儿子回答说，"我也很想学会点东西。如果要学的话，那我就学怎么让我害怕，我根本不知道什么是害怕。"

大儿子听了小儿子的这些话，忍不住大笑了起来，心里想："我的天啊！我的弟弟怎么这么笨，这样下去，他一辈子都不会有什么成就的，俗话说，从小看大嘛。"

父亲叹了口气，对小儿子说："就算你学会了什么是害怕，怎么让自己害怕，可你还是不会自己养活自己。"

这事儿之后没多久，有一天，教堂司事到他们家拜访，父亲就向司事诉苦说，他的小儿子傻透了，一无所知，一事无成，"您想想，当我问他想学会点什么的时候，他却说他想要学习害怕。"

"如果可以的话，"教堂司事听后说道，"你就把你的小儿子交给我吧！我可以教他学习害怕，我会教会他的。"

父亲听了很高兴，心想："这下终于有人可以管教管教这孩子了。"

教堂司事就这样把小儿子带回了教堂，首先教他如何打钟。

过了两天，小儿子半夜里被教堂司事叫醒，让他起来到钟楼上去打钟。"你想要学会什么是害怕对吗，你马上就会学会了。"教堂司事边想着边离开了。

当小儿子来到钟楼上，转过身想抓起钟绳时，却突然看到楼梯上面，有一个白色的身影面对他站着。

"站在那里的是谁啊？"小儿子朝身影叫道，可是那身影没有回答，仍旧站着不动。

"你快点回答我！"这孩子大声喊道，"快走开！半夜三更的，这里又没有事可做。"

那白色的身影是教堂司事，他依然一动不动地站着，想要通过装鬼来吓吓这个孩子。

小儿子又一次喊了起来："你站在那里到底想干什么啊？如果你是一个诚实的人，你就回答我，不然的话我就把你从楼上扔下去。"

教堂司事想：这孩子是不会那么做的。于是他仍旧一动不动地站在那里，像一块木桩似的。

那孩子又喊了起来，可还是没用。就这这时，他冲上楼去，一脚便把那个白色的身影从楼上踢了下去，白色身影一直跌落到十级台阶的下面，落在一个角落里再也爬不起来了。小儿子接着打钟，然后一声不响回到房间里睡觉去了。小儿子躺回到床上没过多久，便睡着了。

教堂司事的妻子等了很久，仍不见丈夫回来，开始担心起来，便跑来叫醒小儿子问道："你知道我丈夫现在在哪儿吗？"

"我不知道啊，"小儿子回答说，"不过，刚才在钟楼上有一个人一直一声不响地站着，我问他话，他不回答，让他走他也不走，于是我就把那个人一脚踢到楼下去了。要不您赶紧过去看看，看他是不是还躺在那里，我真的觉得很对不起他。"

教堂司事的妻子听了后马上来到钟楼下，发现躺在角落里呻吟的正是自己的丈夫，他的一条腿已经跌断了。

妻子忙把丈夫背到家里，然后急急忙忙地跑到孩子的父亲那里，"您的小儿子，"她叫道，"闯大祸了，他把我丈夫从楼上踢下来了，他一条腿摔断了，我们家出了个废人，这让我怎么办才好啊。"

父亲听后非常诧异，急忙跑到小儿子那里，把他痛骂了一顿，说："你居然会做出这么恶劣的事情，难道你中邪了吗？"

"父亲，"小儿子回答说，"您听我说，这与我没什么关系。是他自己半夜三更的站在那里一动不动，像是要干坏事似的。问他是谁他也不回答，我又看不清楚他是谁，我向他喊了三次，要他回话或者离开，他都站在那里一动不动。"

"唉，"父亲无可奈何地说，"我为什么会有你这样的儿子，我真是倒霉啊。你走吧！我不想再看见你。"

"好吧，父亲，我无所谓，不过得等到天亮，我才能离开，到那时候我再出去，我要去学习害怕，这样我就能学会一种可以养活自己的本事了。"

"你想学什么都可以，"父亲说，"这与我都毫无关系。这是五十塔勒，你拿着，能走多远走多远，走得越远越好，记住不要对别人说起你是从哪里来的，谁是你的父亲，有你这样一个儿子，是我的羞耻。"

"好吧，父亲，随您的便，我无所谓，您还有其他要求吗，我会记住的。"

第二天，天刚蒙蒙亮，小儿子把五十塔勒装进口袋，走出教堂来到了公路上，他一边走一边不停地喃喃自语道："为什么我不会发抖呢？要是我会害怕，那该多好啊！"

这时，正好有一个人从他身旁走过，听到了男孩喃喃自语说的话。然后他们俩一起看到了一个绞刑架，那人便对小儿子说："你看，那儿是棵吊死过七个人的树，现在那些人都还在待在那里摇晃呢，你坐到那棵树下去，等到夜幕降临后，你就懂得什么是害怕了。"

"看来暂时也没有什么别的办法了，"男孩回答说，"如果这么做，我就能学会害怕的话，那么我这五十塔勒就归你了。好吧，你明天早上就来这里找我吧。"

小儿子说完，就坐在那棵树下等待夜晚的降临。

就在这时候，天气突然变冷了，于是小儿子生着了一堆火。半夜里又刮起了大风，即使是坐在火堆边也觉得很冷。那些吊死的人被风吹得互相碰撞着，不停地摇晃，小儿子想道：我这样坐在火堆旁都还觉得冷，他们吊在上面一定更冷吧。"

　　小儿子很同情他们，于是他就爬到树上，把那七个被绞死的人都一个个解开，全部放到了地上。然后他把火烧得更旺了，让他们绕着火堆围成了一个圈，想让他们的身子暖和起来。可是他们躺在那里一动不动，而且他们的衣服就要被火烧着了。

　　男孩说道："你们要小心啊！不然的话我会再把你们吊回树上去的。"可是，死人一句话也不说，任凭他们的破烂衣服被火烧着。男孩生气了，叫道："如果连你们自己都不在意的话，那么我可就帮不了你们了，我也不想你们被烧死。"于是，他又把他们一个个地重新吊回到树上去了。之后，他又坐回到火堆边，不一会儿便睡着了。第二天早上，那人来到他的面前，信心满满地想要那五十塔勒，说道："现在，你学会什么叫害怕了吧？"

　　"不知道，"男孩回答说，"这我怎么会学会呢？吊在上面的那些人一个个都不说话，简直笨死了，竟眼巴巴地让自己身上的衣服烧着。"那人终于发现，他是无论如何也得不到那五十塔勒了，于是就离开了，边走还边嘟囔着："从来没有遇到过像你这样的人。"男孩接着上路了，他一边走嘴里一边不停地喃喃自语道："唉，我是多么希望自己能学会害怕啊！唉，我要是会发抖该多好啊！"这时，走在他后面的一位马车夫听到了他说的话，便问道："孩子，你是谁啊？"

　　"我也不知道。"男孩回答说。马车夫又接着问："那你是从哪里来到啊？"

　　"我不知道。"

　　"那你父亲叫什么名字呢？"

　　"这个我不能告诉你。"

　　"那你刚才一个人在说什么啊？"

　　"唉，"男孩回答说，"我是说我想要学会害怕，但是没有人能教会我。"

"请不要这样，"马车夫说，"你跟我走吧，我倒是很想试试，看我能不能教会你害怕。"于是男孩跟着马车夫一起走了。太阳落山之后，他们来到了一家旅店，要在那里住一晚。走进客房后，男孩又小声嚷嚷起来："要是我知道什么是害怕多好啊！要是能让我学会发抖该多好啊！"

听到男孩的话，客栈老板笑了，说道："如果你真的不知道什么是害怕，想要学会害怕的话，我这里倒是有个很适合你住的地方。"

"哦，快住嘴吧！"老板娘赶忙说，"男孩，我告诉你，好几个人都因为走进那个地方而搭上了性命，你这双美丽的大眼睛要是再也不能见到太阳了，多可惜呀！"

可是男孩却坚定地说："既然这事真有这么难，我倒很想试试，那我就到那里去住吧。"

于是他便缠着旅店老板问那地方在哪里，老板终于告诉了他，那个地方就在离这里不远的一个有魔鬼经常出入的城堡里，如果他能够在里面待上三个晚上，那么他肯定能学会什么是害怕。而且国王还曾经承诺过，如果有人能做到，他就把自己的女儿许配给他，那可是世界上最美丽的女孩子啊。而且城堡里面还有许多的珍宝，但全部都被恶魔看管着，他们胡作非为，什么恶毒的事情都做得出来。许多人都曾经进去过，但是还没有人能够活着出来。

第二天早上，男孩来到国王的面前，说："要是你允许的话，我想要去那魔鬼出没的城堡里住上三夜。"

国王看了男孩一眼，很喜欢这个年轻人，便说道："好吧，我答应你，而且你还可以带上三样东西，不过它们都必须是没有生命的东西，你可以带着它们一起进入城堡。"

男孩回答说："既然这样的话，那么我想要一个火把、一台车床和一台带有刀具的刨工台。"

国王给了男孩这些东西，并告诉他，他必须得在白天把这些东西带进城堡里去。

于是天快黑的时候，男孩便来到了城堡，在火把的照耀下，房间里一下子变得很亮，他点燃了一堆火，然后把带有刀具的刨工台放到了火堆边，自己坐到车床上。

"唉，要是我能学会害怕该多好啊！"他又喃喃自语地说，"现在在这里，我还是很担心我学不会什么是害怕。"

到了半夜，男孩想把火生旺一些，就吹了一下火，这时突然从角落里传来一个声音，说："哎！现在怎么这么冷啊！"

"你们是傻瓜吗？"男孩听后，说道，"你们光喊有什么用啊？如果你们真的感到冷的话，那就过来，坐到火堆边来暖暖身子！"

他刚一说完，两只大黑猫突然猛地跳了过来，坐到了他的两边，那闪闪发亮的眼睛贪婪地注视着他。不一会儿，当那两只黑猫暖和了以后，它们便对男孩说道："伙计，你想跟我们一起玩牌吗？"

"当然可以啊！"男孩回答说，"可是在那之前，你们得先伸出你们的爪子来让我看一看。"

于是，黑猫们就都把自己的利爪伸出来给男孩看。

"唉，"男孩看一看它们的爪子，说，"你们的指甲怎么会这么长啊！让我帮你们修剪修剪吧，之后我们再玩吧！"男孩一边说着，一边抓着它们的爪子，把它们放到了刨工台上，把它们的爪子都剪掉了。

"现在我可没有兴趣打牌了，"男孩叫道，"我要严加看管你们。"黑猫被夹死后，就被扔到城堡外面的河里去了。

当男孩重新安静下来后，坐到火堆边时，突然又从所有的角落里跳出来了一群黑猫和黑狗，而且越来越多，男孩都快没有地方落脚了。它们的叫声是那么的令人厌恶，并一步步朝着火堆逼近，还想要把火扑灭。

男孩看着这些黑猫黑狗，一点儿也不害怕，最后他发怒了，于是他抓住刨刀大声叫道："滚，你们这些无赖。"他一边喊一边用刨刀朝着它们砍去。那些黑猫黑狗有的逃走了，有的被男孩打死了，扔到了外面的河里了。

处理完那些黑猫黑狗，男孩又重新回到了房间里，把火烧了起来，他的身体又暖和了起来。不一会儿，男孩累得连眼睛都睁不开了，他很想睡觉，不禁朝四周望了一眼，发现角落里有一张大床，"正合我意。"男孩说着，便躺到床上去了。

但是，当他正想睡的时候，突然那张床自己动了起来，绕着整个城堡行驶。"很好，"男孩说，"这实在是太舒服了。"

好像有六匹马在拉这床似的，床不停地行驶着，跨过了门槛，飞过了阶梯，摇摇晃晃，一会儿快，一会儿又慢，一会儿又翻了，翻了个底朝天，像一座山似的压在了男孩身上。可是，被子和枕头却瞬间被扔到了空中。男孩从床底爬了出来。"现在谁还有兴趣坐车啊。"他一边说着，一边躺在了火堆旁，不一会便睡着了，一直睡到了天亮。

第二天早上国王来到城堡里看男孩，看见男孩躺在地上，国王还认为他已经被鬼怪吓死了。于是国王惋惜地说道："这么漂亮的人都死了，真是可惜啊。"

男孩听到国王的话，扑腾一声坐了起来，说："谁说我死了，我没死啊？"

国王见状，非常吃惊，同时也很高兴，便问他这一夜是怎么过来的。

"过得还算不错，"男孩回答说，"第一夜都已经这么过来了，那剩下的两夜我想当然也是不成问题的。"

当男孩回到旅店老板那里时，旅店老板瞪大双眼，惊奇地喊道："上

帝啊，这真是太不可思议了，你居然能活着回来。现在你学会了什么是害
怕了吧？"

"没有啊！"男孩说，"白费我的工夫，要是有一个人能早告诉我学不
会就好了！"

第二天晚上，男孩又来到了那座城堡里，然后又点燃了一堆火，坐在
火堆旁边，又开始喃喃自语起他的那些陈词滥调来："要是我能学会害怕
那该多好啊！要是我能学会发抖那该多好啊！"

到了午夜时分，突然传来了一阵嘈杂声和轰隆声，开始很弱，慢慢的
便越来越响，后来又轻了一点，最后从烟囱里落下来一个只有半截身子的
人，那人大叫着，掉在男孩面前。"喂！"男孩叫道，"你怎么只有一半身
子，真是太少见了。"

接着，嘈杂声再次响起，喧闹声、吼叫声接连不断，那另外半个人也
落了下来了。男孩对它们说："我为你们把火再生得旺一些吧。"

男孩说着，就开始把火又生大了些，然后向四周看了一下，这时，两
个半个的人凑到了一起，凑成了一个阴森恐怖的人，那人坐到了男孩的座
位上。

"这可不行，"男孩赶忙说，"这是我的凳子。"

那人想把男孩挤走，可是男孩怎么也不肯，反而一使劲把他给挤开
了，自己又重新坐回到了自己的位子上来。

更多的人出现了，一个接着一个跳了出来，他们手里拿着九条死人的
腿和两颗骷髅头，全放在了地上，放好后便玩起九柱游戏来。

男孩也很感兴趣，便向他们问道："你们介不介意我也加入？"

"当然可以啊，只要你有钱玩就可以。"

"放心吧，我有的是钱，"男孩回答说，"只是，你们的球一点也不圆
啊。"说着，男孩拿起那些骷髅头放到车床上，把它们都削得圆圆的。

"瞧，现在就圆多了，"男孩说，"哈哈！咱们痛痛快快地玩吧！"于是他们一块玩了起来，最后男孩输了一些钱。这时候，十二点的钟声响起来了，突然眼前所有的一切都消失不见了。男孩又重新躺下来，不一会儿就睡着了。

第三天早上，国王又来询问情况。"这次你是怎么度过的？"

"我跟他们玩九柱游戏了，"男孩回答说，"但是我输了两个塔勒。"

"难道你真的不害怕吗？"

"一点都不害怕啊，"男孩说，"我玩得很痛快很高兴啊！要是我知道了什么是害怕那就好了！"

第三天晚上，男孩又坐到了长凳子上，仍闷闷不乐地说："要是我能知道什么是害怕那该多好啊！要是我会发抖那该多好啊！"

午夜时分，房间里又来了六个大汉，而且他们还抬进来一口棺材。男孩笑道："哈哈，你不就是我那个两天前死去的表弟。"男孩招了招手叫道："快过来！表弟，快过来！"

那伙人把棺材放在了地上，男孩径直走了过去，打开棺材盖儿，看到里面躺着一个死人。他摸了摸死人的脸，像冰一样凉。

"你们看着，"男孩说，"我会让他热起来的。"说着，他便来到火堆旁，烤了烤手，然后把双手放在死人的脸上焐着，可那死人的脸依旧是冰凉的。于是，他把死人从棺材里抱出来，放到了火堆旁，帮他搓起胳膊来，希望用这个办法可以让他的血液重新流动起来。

可是这个办法也没用，然后他又产生了一个想法："如果两个人睡在一张床上，也许可以把他的身子焐暖一些。"

于是他便把死人抱到了床上，给他盖上被子，然后自己在他身边躺了下来。不久，那死人的身体真的热了起来，渐渐的死人也有了知觉。这时，男孩说："你看看，表弟，如果没有我的话，你就不会重新暖和起来了！"

　　但是，那死人却突然坐起身子，叫道："现在，我要掐死你！"

　　"你说什么？"男孩说，"表弟啊，你就是这样报答我对你的恩情的吗？看来你还是回到棺材里才会乖点。"说完，男孩便抱起了死人，重新又把他放回到棺材里去，盖上盖子。这时候，那六个人又出现了，把棺材抬走了。

　　"我想我是不会学会害怕了，"男孩说，"至少在这里我是学不会的。"

　　正在这时，又有一个人走进房间里来，这个人比之前所有的人都要高大，而且看上去很厉害。不过他年纪看上去也很大，长着长长的白胡子。

　　"哦，你这个小傻瓜，"那人大声对男孩说道，"你马上就会知道什么是害怕了，因为你马上就会死的。"

　　"我可不想这么快就死去，"男孩回答说，"即便是我该死了，那我也得知道我为什么死。"

　　"现在我就给你点儿厉害瞧瞧！"那老头厉声说道。

　　"慢着！慢着！你不要一个人就占这么大的地方，我也和你一样的强壮，甚至比你还要强壮得多。"

　　"那我们就比试比试吧！"那老头儿说道，"要是你真的比我强壮，我就放你走，你过来，现在我们就比试比试看看。"那老头一边说着，一边带着男孩穿过漆黑的过道，来到一个锻炉边，拿起炉边的一把斧子，一斧头砍下去就把一个铁砧砍倒在了地上。

　　"这个我比你厉害多了，"男孩说着，走到另一个铁砧边。那老头儿来到他的旁边，想看个明白，他那长长的白胡子就垂在那里。这时，男孩一下抡起斧子朝铁砧砍去，把老头儿的白胡子也砍进去了。

　　"这下我可抓住你了，"男孩说，"我现在就要杀了你。"接着，男孩抓起一根铁棒，用尽全力朝老头儿身上挥去，老头连忙苦苦哀求，说若是答应不打他，他将会给男孩一大笔钱。

听到这话，男孩便把斧子放了下来，把老头给放了。然后老头儿便把男孩带回了城堡，告诉他地窖里有三只箱子，里面装满了金子。

"这些金子，"那老头儿说道，"一箱给穷人，一箱给国王，剩下的你可以留给你自己。"

这时候，午夜十二点的钟声响起，那老头突然儿一下子就消失了，地窖里顿时一片漆黑。

"我一定会从这儿出去的。"男孩坚定地说。他终于在地窖里找到了通往房间的路，之后，他累极了，就在那儿的火堆边躺下，不一会就睡着了。

第四天早上国王又来了，对男孩说道："这回你应该学会了什么是害怕了吧！"

"没有，还是没有，"男孩回答说，"这到底是怎么回事啊？我先是遇到了我那死去了的表弟，然后又见到了一个白胡子老头儿，他还把地窖里的金子都给了我，但是还是没有人告诉我什么是害怕啊。"

国王激动地说："男孩，谢谢你，是你拯救了这座城堡，你可以娶我的女儿为妻了。"

"虽然这事很好，"男孩回答说，"可是，我还是不知道什么是害怕啊！"

之后，金子被人从地窖给抬了上来，男孩和公主的婚礼也举行完毕了，可是这位年轻的国王虽然非常爱自己的妻子，生活也十分快乐，可他仍然不停地说："要是我会发抖该多好啊！要是我会害怕多好啊！"

妻子因为他的话十分生气，她的侍女便想到了一个办法，说道："我想到了一个办法，或许可以让他发抖。"

侍女来到了花园附近的小河边，让人抓了满满一桶的鲟鱼。等到了晚上，趁年轻的国王睡熟了的时候，王后便掀去盖在他身上的被子，狠狠心把装满鲟鱼的一桶冷水都倒在了他的身上，那些小鱼在他身上还乱蹦乱跳呢。

这时候，他一下子被惊醒了，大声喊道："啊，我会发抖了！我终于会发抖了！亲爱的！太感谢你了，现在，我终于知道什么是害怕了。"